LES LUMIÈRES

NOTE DE L'ÉDITEUR

Les volumes de la collection sont imprimés en très grande série.

Un incident technique peut se produire en cours de fabrication et il est possible qu'un livre souffre d'une imperfection qui a pu échapper aux services de contrôle.

Dans ce cas, il ne faut pas hésiter à nous le renvoyer. Il sera immédiatement échangé.

Les frais de port seront remboursés.

YVES DERMEZE

LES LUMIÈRES

PARIS
LIBRAIRIE DES CHAMPS-ELYSEES
17, RUE DE MARIGNAN

Prologue.

(Extrait de l'Encyclopédie galactique, volume 3 de SOL)

L'Homme avait à peine colonisé quelques planètes lorsqu'il fut brusquement coupé de ses bases. La Terre ne répondait plus.

Or, si les *hardis conquérants de l'espace* (1) avaient déjà commencé à se multiplier sur diverses colonies et avaient reçu à peu près tout le matériel nécessaire à la fabrication d'objets manufacturés, ils dépendaient totalement de la planète mère pour le carburant, essentiel pour les astronefs.

Les appareils qui disposaient des réserves suffisantes s'élancèrent aussitôt vers la Terre qui ne répondait plus, mais on n'obtint jamais de leurs nouvelles. Ce n'est que beaucoup plus tard que l'on eût l'explication de ce silence.

(1) Les expressions de ce genre sont, hélas, la traduction littérale de l'Encyclopédie.

Ils avaient atterri sans encombre, mais n'avaient trouvé sur III de Sol que *ruines et désolation,* et n'avaient découvert aucune goutte de carburant pour repartir.

Pendant des mois, les équipages avaient *erré à l'aventure,* recherchant les traces de la civilisation qui les avait *lancés à l'assaut* de la Galaxie. Il n'en subsistait plus grand-chose. D'ailleurs, ils n'eurent guère la possibilité de chercher pendant longtemps, car ils furent pris en chasse et massacrés par les survivants qui leur reprochaient « une Lumière trop forte ».

On apprit cela quelques centaines d'années plus tard, par leur journal, et l'on put alors comprendre ce qu'avait été le Grand Cataclysme.

La Terre avait été victime d'une série d'explosions nucléaires survenant à peu près simultanément à l'Est et à l'Ouest du méridien zéro. On n'a jamais pu s'accorder quant aux raisons de cette catastrophe. Certains parlent de « coïncidence dans l'accident », d'autres d'attaque nucléaire suivie de représailles immédiates.

Quoi qu'il en soit, les retombées radioactives provoquèrent la mort de la presque totalité de la population.

Quant aux survivants, leur descendance fut affecté par un étrange phénomène. L'acuité visuelle baissa dans de considérables proportions, et désormais la vision humaine ne s'étendit guère, même en pleine lumière, au-delà de cinq ou six pas.

En outre, le spectre des fréquences captées par l'œil humain fut profondément modifié. L'homme, devenu presque aveugle, commença à voir certaines choses qui jusqu'alors lui étaient demeurées étrangères.

Ce fut le cas en particulier de son activité cérébrale,

qui apparut désormais sous l'aspect d'une « Lumière » auréolant sa tête.

Des deux journaux personnels qui sont parvenus jusqu'à nous, il ressort que, pendant des dizaines et des centaines d'années, *tout humain est apparu aux autres comme une tête lumineuse dans les demi-ténèbres d'une vue défaillante et sans couleurs, limitée aux nuances du gris.*

Tout être possédait sa lumière. Mais chez certains, elle dépassait largement la norme. On surnommait ceux-ci « les Flamboyants ». Leur activité cérébrale était importante, et les Pouvoirs établis les considéraient comme des ennemis.

On les pourchassait, et on les éteignait.

PREMIÈRE PARTIE :

L'ENFANT ET LA CROIX

CHAPITRE 1

Moi, quand une Lumière s'allumait au loin sur la colline, je faisais comme les autres jeunes : je regardais.

C'est impressionnant, une grande Lumière. Ça se voit de loin, et ça attire. Les vieux prétendent qu'ils s'en sont approchés autrefois, et que les Flamboyants qu'ils ont rencontré les ont déçu parce qu'ils ne racontaient que des sottises. Ils prétendaient lire dans l'avenir, ou raconter des histoires du passé. Pour le passé, soit. Il est possible que certains s'en soient souvenus, et l'aient confié à leur fils qui, lui-même... etc. Mais pour l'avenir, impossible. Personne ne peut savoir ce qui se passera demain.

Et pourtant, et pourtant... J'y pense parfois. Supposons que, pendant la nuit je scie un gros arbre à sa base, alors que le temps est mauvais et annonce un grand vent pour le lendemain. Ne pourrais-je pas dès lors prévoir que demain cet arbre va s'écrouler ?

C'est peut-être ainsi qu'agissent les Flamboyants. Qui

sait s'ils ne disposent pas de pouvoirs dont nous n'avons pas conscience, et si, préparant minutieusement l'avenir, ils ne peuvent pas le révéler ?

Ce sont évidemment des choses dont je ne peux discuter avec mes copains : ils me prendraient pour un fou. Avec mon père ? Il m'imposerait silence tout de suite. Il ne tient qu'à conserver sa place, et pour ça, pas un mot, pas un geste qui ne soit prévu par le Règlement.

Je reviens aux Flamboyants. Quand on en voit un clignoter sur la colline, nous, les jeunes, ça nous attire.

Et c'est pourquoi j'y suis allé, afin de voir de plus près cette Lumière qui venait de s'allumer là-bas. moi avec Joss et Yolande. Entre parenthèses Yolande devrait choisir, parce que ça ne peut pas durer longtemps comme ça. Joss s'ocupe un peu trop d'elle quand ils sont à dix pas — à deux Vues, quoi. Il croient que, comme les autres je ne les vois pas. Or je les vois très bien, même avec mes lunettes.

Le spécialiste a dit à mon père que mes yeux ne sont pas fameux, et très fragiles, et que je devais porter des verres filtrants. Ça m'a bien fait rigoler... mais intérieurement, parce que je ne pouvais confier la vérité à personne. Surtout pas ! Je sais trop ce qui m'attendrait si on découvrait la vérité : on m'éteindrait.

Donc, on y est allé, vers la Lumière sur la colline. Mon père, avant qu'on se décide, nous avait longuement sermonnés :

— Faites pas les imbéciles ! Croyez ce qu'on vous dit, nous, les vieux. On y est allé aussi, autrefois, alors que c'était permis. Maintenant, c'est interdit, et vous le savez. D'ailleurs, qu'est-ce qu'on a eu de plus ? Rien : la lumière état déjà éteinte quand on arrivait. Parfois, il y avait des Noirs en uniforme, qui nous attendaient. Ce n'était pas beau à voir ! Pas les uniformes, ça c'est toujours beau et j'aimerais en porter un (soupir !) mais quand j'ai demandé on m'a répondu que j'avais beaucoup trop vu de Lumières pendant ma jeunesse, que je m'étais beaucoup trop intéressé à elles, et que je pouvais être heureux qu'on ne m'ait pas éteint.

Et il soupirait, et il soupirait ! Et il reprenait, de sa petite voix chuchotée (toujours il avait parlé comme ça et je savais pourquoi : pendant toute sa vie il avait craint qu'on note ce qu'il disait et qu'on l'inscrive sur son « dossier » confidentiel) :

— On les compte, ceux, qui essaient de s'approcher des Lumières. Et quand je dis « on les compte », ça signifie « on les fiche ». Alors, adieu les uniformes et les bons emplois !

Nouveau soupir. Nous, on écoutait sans broncher, mais ça entrait par une oreille et ça sortait par l'autre.

— En supposant, les gosses, que vous alliez là-bas vers la Lumière. Vous arriverez et il n'y aura plus rien. Peut-être un peu de cendre... il y a eu des époques où on les brûlait. Ouais. Désormais, on ne les brûle plus, on les éteint. Comment, et avec quoi, j'sais pas. Et j'sais pas qui. Oh surtout, j'sais pas qui, ne me faites pas dire ce que je ne dis pas, gosses ! J'ai ma situation moi et qu'est-ce qu'on deviendrait, Micaël et moi, si je la perdais, dites-moi ça ? Je suis curieux autant que vous mais faut donner un sens à sa curiosité. Les lumières, c'est pas bon pour la santé.

Il voyait que nous n'étions pas convaincus, alors il élevait la voix — parce que ce qu'il disait alors pouvait sans risque être mentionné dans son dossier :

— Nom de Dieu, vous avez chaque soir la télé en rapproché et ça ne vous suffit pas ? Des Lumières !

Qu'est-ce que ça peut bien vous faire ? Je n'ai pas envie de voir arriver ici les Noirs ou d'être convoqué chez le Délégué ! Vous allez me faire le plaisir de rester et de ne pas vous éloigner. Même toi, Joss. Même toi, Yolande. J'avertirai vos familles. Compris, gosses ?

Bien sûr, on avait compris, mais qu'est-ce que ça changeait ? Il nous parlait de la télé... Mais quand on se place devant l'appareil, c'est toujours le même programme : voyage du Délégué, conférence de presse du Délégué, le Délégué inspectant l'Ecole des Noirs, etc. Ce n'est pas mal, la télé, mais ça manque de variété. Et de lumière aussi (au singulier, hé !). A trois pas, on ne voit plus l'écran. Faut se placer tout près ça fait mal aux yeux.

C'est un peu pour ça qu'on est parti vers la colline : on n'avait pas envie de voir leur saleté de télévision où il n'y a que des émissions en faveur du Délégué. Est-ce qu'ils ne se rendent pas compte, les vieux, que ces émissions-là dégoûtent les jeunes ? Qu'on préférerait voir n'importe quoi, pourvu que ça bouge et surtout que ça se renouvelle ! Pas toujours ceux qui nous dirigent, et en particulier le Délégué ! D'ailleurs, il est vieux, vieux... Il doit avoir plus de cinquante ans, avec son collier de barbe noire et ses dents blanches... qui ne sont pas à lui bien entendu.

Père n'aurait pas dû parler de sa situation. On sait bien, nous — moi, Joss et Yolande — comme tout le monde le sait, que s'il pensait un peu plus à lui un peu moins à moi (oui, oui, je m'en rends compte !) il aurait une bien meilleure situation.

Et on se demande pourquoi il pense tant à moi ! Je suis son fils, oui. Et alors ? Le moment vient où les parents-animaux abandonnent leurs enfants, non ? Dès que ceux-ci peuvent vivre par eux-mêmes. Pourquoi ce n'est pas pareil chez les humains ?

Si mon père m'avait laissé la bride sur le cou quand j'avais treize ans, il n'aurait plus besoin de travailler. En deux ans, je l'aurais dénichée, moi, la « situation d'avenir ». Qu'est-ce qu'il croit ? Que je suis encore un bébé ? Les vieux sont tous les mêmes. Ils se figurent que s'ils n'étaient pas là nous, les jeunes, on ne s'en sortirait pas. Tu parles ! On saura faire sa place, bonnes gens, soyez tranquilles ! On n'est plus des gosses, quoi.

D'ailleurs, des gosses, y en a plus. Même les tout petits qui... Ouais, ouais, je me comprends.

*

* *

...Mais voilà que je me mets à penser à des choses sans importance. Ma place, je la dénicherai sans difficultés, et elle ne sera pas insignifiante comme celle de mon père. Oh, non ! Avec les atouts dont je dispose, je deviendrai certainement au moins chef de section — à moins qu'on ne m'éteigne avant, et c'est à ça que je dois prendre garde.

Et par mesure de précaution, il faut que j'en apprenne le plus possible sur les Lumières. Pour le moment, je n'en sais pas grand-chose.

Il y a des gars au village qui ont leur Lumière — je veux dire une Lumière qu'on voit à plus d'une Vue, à plus de quatre ou cinq pas. Oh, de toutes petites, rien de comparable avec celle qui brille là-bas sur la colline ! Ils ont de petites Lumières douces et tranquilles, qui s'effacent avec timidité quand le brigadier des Noirs leur parle avec sévérité.

Mais celle de la colline!... Il pouvait toujours gueuler, le brigadier des Noirs, pour qu'elle s'éteigne!... Ça, c'était une lumière, une vraie, et j'avais une envie folle de la voir de plus près. Parce que moi aussi...

Non, non, ce que je dis là est idiot. Avec une lumière comme ça, je serais repéré tout de suite et on m'éteindrait comme on a éteint tous les autres. Comment? Je ne sais pas.

Je sais: ça ressemble à ce que père disait tout à l'heure: «Je ne sais pas, non, je ne sais pas!». Pourtant, lui, il sait. J'en suis sûr. Voilà précisément où se trouve la différence entre les vieux et les jeunes. Les vieux savent des choses qu'ils ont apprises «par leur expérience», mais ils refusent de les confier aux jeunes sous prétexte que «ça leur ferait plus de mal que de bien». C'est ridicule et irritant.

Quoi qu'il en soit, moi, je vous jure, je ne sais pas comment s'y prennent les Noirs pour éteindre les Flamboyants. Mais il faut croire qu'ils agissent très, très vite, parce que chaque fois que des curieux arrivent, c'est déjà fini.

Pourtant, on n'a pas perdu de temps, Joss, Yolande et moi. On a couru en grimpant sur la colline, on a couru comme des dératés. Mais je ne l'étais pas, dératé. Aussi, à mi-chemin, j'ai mis ma main sur mon côté et je me suis mis à rendre de la bile. Rien que de la bile.

A midi, je n'avais pas voulu manger. Papa avait fait une sorte de rata, un ragoût noir comme la campagne à dix Vues, et il y avait des trucs qui nageaient dedans on savait pas ce que c'était. J'ai rien dit, rien du tout, sauf que j'avais mal à l'estomac et que je préférais ne rien prendre.

Il m'a regardé avec timidité, papa... mais il n'a pas

insisté. Et j'ai bien vu qu'il se forçait pour manger un peu de sa ratatouille.

Donc, moi je rendais de la bile, et Joss et Yolande je ne savais pas ce qu'ils faisaient parce qu'ils avaient pris beaucoup de retard. Ils étaient au moins à vingt Vues en arrière. Vingt pour les autres, dix pour moi puisque, je vous l'ai déjà dit, je vois deux fois plus loin que les copains, même avec mes lunettes.

Oui, « même avec mes lunettes ». On comprendra pourquoi plus tard.

Ça m'a fait quelque chose, que Joss soit avec Yolande. Jaloux, que j'étais. Oh, ce n'est pas que j'aime Yolande ! Mais enfin, je tiens à elle. Ce n'est pas commode, à l'âge que j'ai, de trouver une fille presque sans Lumière qui vous suit dans la nuit.

Alors, parce que je ne les voyais toujours pas arriver et que je voulais pas ôter mes lunettes, je me suis mis en rogne et je les ai appelés. Exactement ce qu'il ne faut pas faire. C'est une façon comme une autre d'attirer vers soi tous les Noirs qui rôdent dans les environs.

Mais je ne pouvais pas m'en empêcher. La jalousie. Tout le monde sait ce que c'est, je m'en suis rendu compte depuis longtemps. Pas seulement au sujet des femmes, mais de tout. Des emplois. Un subalterne est toujours jaloux de son supérieur. Papa est jaloux de son chef d'atelier. Il croit qu'il pourrait le remplacer et que tout irait mieux, et c'est bien possible.

Quand j'étais môme, je piaillais aussitôt qu'un inconnu s'approchait de maman. Je ne pouvais admettre ça. Elle était à moi, rien qu'à moi.

Avec le temps, je me suis amélioré, mais pas tout à fait. C'est devenu Yolande au lieu de maman. Je sais très bien qu'elle et moi ça ne durera pas longtemps, peut-être pas une saison puisqu'elle doit partir dans une Ecole, mais n'importe : ça me rend dingue quand elle se cache avec un autre que moi.

CHAPITRE 2

Donc, j'ai crié. Pas longtemps tout de même, parce que la Procession des Noirs n'était pas loin, et je ne tenais pas à ce qu'ils s'approchent de nous avec leurs Boîtes à son.

Une sale invention, ces Boîtes à son. Papa prétend que, de son temps, elles n'existaient pas encore, et qu'on était beaucoup plus tranquilles. On pouvait hurler tant qu'on voulait, et même « Le Délégué est un fumier ! »... quand les Noirs tentaient de vous retrouver ils perdaient leurs temps ! On se cachait dix Vues à gauche ou à droite et on se taisait. Alors ils finissaient par se décourager et ils partaient en grognant des menaces.

On prétend qu'autrefois il y avait des petits appareils qui permettaient de projeter la lumière à distance. Papa dit qu'on les a essayés dix, cent, mille fois, et que la clarté qui en sort ne va pas plus loin qu'une Vue. Il faudra que j'en trouve un afin de me rendre compte, *en quittant mes lunettes.*

Un vieux qui est prof à la Fac soutient que la lumière d'autrefois en sort toujours et s'étend très loin, mais que c'est nous qui ne la voyons plus. A sa place, je ne le dirais pas trop fort... j'aurais peur de me faire éteindre. Mais voyez comment sont les choses : moi, Micaël, à quinze ans, je sais que ce Vieux-là a raison. Oh, je ne le dis pas, non, pas si bête !

De toutes façons, ces vieux engins ont été abandonnés, mais les Noirs ont fini par inventer les Boîtes à son. Drôlement sensibles, ces engins-là ! Si vous ne voulez pas être repéré, même à vingt Vues, faut rester tout à fait, mais alors tout à fait immobile. Et respirer tout doucement...

A peine avais-je crié, voilà Yolande qui revient avec Joss. Ils me demandent en chuchotant ce qui m'a pris.

Moi, je ne peux pas avouer que j'étais jaloux, aussi je tends le bras et je souffle :

— Ecoutez !

Pour ça, ils sont plus forts que moi, je suis obligé de le reconnaître. Mes yeux sont bien meilleurs que les leurs, mais leurs oreilles valent mieux que les miennes. Ils se figent. Ils écoutent...

— Merde ! qu'il dit, Joss. Ils ne sont qu'à vingt ou trente Vues !

... On s'est regardés tous les trois, et on s'est compris. Pas possible de laisser passer ça ! Pour la première fois, on pouvait savoir comment les Noirs éteignaient les Lumières... Ensuite, on le raconterait aux copains...

Plus tard, j'ai su qu'ils disposaient de plusieurs moyens, mais ce jour-là on supposait qu'ils les éteignaient toutes de la même façon.

— On y va ? je demande.

Yolande soupire et hausse les épaules.

— Tu sais bien que c'est pas possible.

— Ah bah ? Pourquoi ça ? Avec le bruit qu'ils font en emmenant le Flamboyant au sommet de la colline, leurs Boîtes à son ne peuvent pas nous repérer.

— Oui... Mais on n'a pas de casque comme les Noirs, nous... Et on ne sait pas *dérayer.* Si on va assez près pour les voir, ils verront nos Lumières.

Elle baisse les yeux et murmure :

— Je sais bien que la mienne... on ne la voit pas beaucoup. Mais celle de Joss, on la voit à deux Vues... et la tienne...

Qu'est-ce qu'elle veut dire ? J'interroge avec inquiétude :

— Quoi, la mienne ? Elle n'est pas plus forte que celle de Joss !

— Ça dépend... qu'elle souffle. Y a des moments. Ça m'a toujours intriguée. Y a des fois, quand tu es avec moi... Ta lumière, on la verrait à cinq ou six Vues.

... Je grinçai des dents. Il ne manquait plus que ça ! J'avais tout à fait oublié que Joss et Yolande ne savaient pas *dérayer,* c'est-à-dire, par un effort de volonté, affaiblir sa propre Lumière.

Mais surtout, j'étais furieux parce qu'elle avait remarqué ça : ma Lumière s'amplifiait considérablement quand je cessais de la contrôler. Très dangereux pour moi !

Cependant, je mourais d'envie de savoir comment les Noirs éteignent les Flamboyants. J'avais un peu hésité parce que, si je partais seul, Yolande allait rester seule avec Joss... Mais ils avaient beaucoup trop peur pour faire autre chose que se serrer l'un contre l'autre ! Ça me décida.

— Moi, j'y vais, dis-je.

*
* *

... Ils ne répondent rien. Ça m'irrite un peu. Toujours-pareil ! Parce que je peux *dérayer* ils se figurent que je ne risque rien ! Ainsi j'ôtais mes lunettes, soit. Mais avec elles, je ne vois guère mieux qu'eux, et beaucoup de Noirs ont subi des traitements qui leur permettent de discerner les silhouettes à trois ou quatre Vues.

Je m'éloigne doucement en direction du bruit. Quand j'arrive à trois ou quatre Vues, je déraie presque à fond.

Somme toute, c'est reposant, de dérayer. Il suffit de cesser de penser, voilà tout. Vous continuez à voir, entendre, sentir. Vous enregistrez tout, mais vous n'y pensez pas. Vous ne réfléchissez pas.

Et vous devenez à peu près invisible car votre Lumière personnelle est à peu près éteinte. Dès lors, vous pouvez vous approcher de quelqu'un à la limite d'une Vue.

Joss et Yolande, et beaucoup d'autres, ont essayé plus de cent fois. Il n'y parviennent pas. Leur lumière ne faiblit pas. Peut-être qu'ils sont plus intelligents que moi... Ça me surprendrait tout de même ! Surtout Yolande...

Donc, je déraie et je continue à m'approcher. Autrefois, il paraît d'après les vieux-vieux que ça ne se passait pas comme maintenant. Il y avait de la clarté partout, même en dehors des objets. Tous les savants déclarent que c'est idiot, que ça ne peut se produire, que c'est contraire aux Lois de la Physique. Là où il n'y a rien, il ne peut y avoir de lumière. On me l'a assez expliqué à l'école : la lumière ne peut provenir que d'un corps activé, et sa limite de pénétration est très faible.

Mais je sais, moi, que les savants sont des imbéciles.

Je me suis allongé, et j'ai commencé à ramper quand j'ai vu qu'ils étaient une vingtaine. Vingt Noirs, vous vous rendez compte ? Jamais au village on n'en avait vu autant à la fois.

J'ai pensé aux Boîtes à sons, mais je me tenais tranquille, avec un brin de serpolet qui me chatouillait le nez. Il y aurait du lapin par ici que ça ne m'étonnerait pas. Mais les lapins... ils vous repèrent à dix ou vingt Vues, même si vous ne faites pas de bruit ! Mon prof prétend qu'ils voient mieux que nous... Et moi, je sais que c'est nous qui voyons moins bien qu'eux. Bien sûr, je le sais. Et je pourrais le prouver... si je n'avais pas peur qu'on m'éteigne.

*
* *

Il est difficile d'imaginer à quel point ils sont stupides dans leur aveuglement, les profs.

Prenons un exemple. Tout le monde sait que la Terre, planète, tourne autour du Soleil, étoile. On a retrouvé ça dans les livres anciens — ou plutôt dans les fragments de livres qu'on a récupérés —. Et le Soleil, les gens arrivent à le voir certains jours.

Pas brillant, soit. Mais tout de même quelque chose d'un peu lumineux dans le ciel tout noir. C'est ainsi que je le vois à travers mes lunettes. Oh, pas comme la Lumière au-devant de laquelle je me suis précipité ! Mais enfin, les gens le voient.

Bon, je veux bien. Mais ils se demandent, les gens, pourquoi les Anciens parlaient de millions de Soleils, qu'ils appelaient « étoiles ». Ça leur paraît idiot. Ils étaient cinglés, les Vieux, qu'ils pensent. Et moi, je rigole. *Parce que, quelquefois, j'ôte mes lunettes, et alors...*

Raisonnement des gens : un savant, j'ai oublié son nom, a prétendu que le Soleil en question, visible quand il n'y a pas la moindre brume, était autrefois nécessaire à la Vie.

Autrefois, répondent les gens, possible. Mais aujourd'hui, quelle blague ! On vit bien, nous. Et du soleil, on n'en a pas.

Ce savant-là a essayé de recouvrir des salades avec une bâche noire. Qu'est-ce que ça changeait pour les salades ? Ça ne voit pas la lumière, une salade ! et même si ça la voyait, qu'est-ce que ça changerait ?

Eh bien, ses salades, elles sont d'abord devenues toutes blanches, et puis elles ont crevé. Là où il n'y avait pas de bâche, elles étaient grises comme d'habitude, et bien vivantes.

Oui, on peut discuter... Prétendre que le Soleil, guère plus actif qu'une Lumière humaine (comme celle du Délégué par exemple) n'a rien à voir avec la pousse des salades, et que... Heu, Heu... Moi, je rigole encore, *parce que je sais.*

CHAPITRE 3

Les Noirs étaient une vingtaine, poussant devant eux un homme de l'âge de papa. Vieux, quoi. Trente, quarante. Ils avaient camouflé sa tête sous un de leurs casques, et les casques des Noirs sont totalement imperméables aux Lumières humaines. On ne voyait donc plus celle du flamboyant, bien sûr.

Je les regardais. Je ne sais trop si c'était avec envie ou avec haine. Les deux peut-être. Si j'étais sûr qu'ils m'acceptent à l'Ecole des Noirs, je les envierais. S'ils me refusaient, je les haïrais.

Bizarre, à quoi ça tient, l'orientation d'un jeune. C'est une de ces choses dont je me rends compte alors que les vieux, souvent, n'y pensent pas. S'ils ne me veulent pas, je les hais. S'ils m'acceptent, je les bénis !

Je me demande si ça n'a pas toujours été ainsi.

Ils ont un uniforme classique, ces Noirs-là. Un casque qui dissimule leur Lumière et descend le long des mâchoires jusqu'au menton. Une trouvaille, ce casque là. Au-delà d'une Vue, on ne sait pas qu'ils sont là et ils peuvent entendre tout ce que vous racontez.

Une veste gris-sombre, serrée à la taille par un ceinturon de cuir auquel est fixé l'aveugleur réglementaire — celui dont l'éclair vous empêche de voir quoi que ce soit pendant cinq bonnes minutes. Un pantalon gris foncé dont le bas disparaît dans des bottes noires. Des gants sombres...

Au fond, on peut se demander pourquoi on les appelle « les Noirs ». Ils mériteraient plutôt le qualificatif de « gris sombre ». Ce qui est certain, c'est qu'à plus d'une Vue, un Noir passe tout à fait inaperçu. Et c'est pour ça qu'il est dangereux ... et maître du pays.

L'homme qu'ils poussaient, je ne l'aimais pas. Les Noirs non plus, je ne les aime pas, mais tout de même ils se rebiffent. On sait de quoi ils sont capables dans les bagarres. Des durs.

Tandis que leur prisonnier !... Oh là là, bonnes gens ! C'était une sorte de vagabond. Vêtements déchirés, pieds nus, maigre à faire peur... Un collier de barbe qu'il n'avait pas entretenu depuis des semaines... La tête basse...

Tout à fait l'air d'un vaincu. Et moi, je n'aime pas les vaincus. On ne peut pas les aimer, parce qu'ils ont tort. Si tous les Flamboyants sont comme ce type abattu, leur cause est perdue d'avance et je préfère me ranger aux côtés des Noirs.

Voilà longtemps que je m'interroge. Comment comprendre ? d'après ce qu'on nous enseigne, plus la Lumière brille, plus l'homme est intelligent. Les vieux le disent, et le Délégué aussi... avec une légère restriction pour le Délégué : à partir d'un certain niveau, la Lumière indiquerait un détraquement mental.

Et comme le Délégué est le plus lumineux des Sensés, ceux qui flamboient plus que lui sont des cinglés... et on les éteint. Je ne suis plus un gosse, et je comprends bien qu'un Délégué cherche par tous les moyens à se maintenir au pouvoir. Si j'étais à sa place, j'agirais comme lui, c'est-à-dire que je ne tolèrerais pas que d'autres brillent plus que moi. C'est humain, non ?

Pourtant, rien ne prouve que le Délégué agit ainsi uniquement pour conserver la dictature. Non, rien ne le prouve. Peut-être a-t-il raison, et ces Flamboyants ne sont-ils que des imbéciles, de dangereux imbéciles.

S'ils étaient vraiment très, très intelligents, comme leur Lumière semble le suggérer, est-ce qu'ils se jetteraient dans les pattes des Noirs ? Et même si on les prenait, est-ce qu'ils se laisseraient éteindre sans réagir ?

... En vérité, je vous le dis, ces gens-là sont vaincus d'avance, et donc ils ne sont pas intelligents. Comme le dit le Délégué, ce sont des cinglés. Quand on a une lumière, aussi faible qu'elle soit, on lutte pour la conserver.

Et moi, je me battrais s'il le fallait, malgré mes lunettes.

Alors que le Flamboyant !... Il continue à trébucher, et il tombe, et il se relève en marmonnant.

Un vaincu, je vous dis. Je regrette de m'être déplacé pour voir ça.

*
* *

... Là, je dois reconnaître que j'ai perdu à demi mon contrôle mental. Depuis un bon moment je m'étais remis à penser et donc, sans m'en rendre compte, j'avais en partie cessé de dérayer. Et les Noirs ne sont pas aveugles, oh non !

Ils n'avaient rien dit, rien manifesté, mais tout à coup (parce que je vois un peu plus loin que les autres, même avec mes lunettes) j'ai remarqué que quatre d'entre eux s'étaient écartés de la colonne et venaient vers moi.

Quatre, ils étaient. Pour un gars de quinze ans ! Ça me flattait. Puis je me suis dit que l'un d'eux avait entrevu un peu de ma Lumière au moment où je ne dérayais plus qu'en partie, et que par conséquent ils ne savaient pas si j'avais quinze, ou trente, ou soixante ans !

J'ai dérayé de nouveau et j'ai commencé à reculer vers Joss et Yolande. Trop tard. Les Noirs étaient entre eux et moi. Alors, j'ai tenté le tout pour le tout. Reculer, pas possible. Donc, aller de l'avant.

Dans les bouquins de propagande que distribuent les Noirs, c'est un des principes : avancer même au risque d'y laisser la peau, quand on ne peut pas reculer. Il y a quelques années, ça me faisait rire, ce « principe », parce qu'il me semblait que, devant un danger, on ne disposait que de deux possibilités : avancer ou reculer.

Mais depuis quelque temps, j'ai remarqué que la plupart des gens préfèrent attendre sans bouger. Il faut croire que les bouquins de propagande avaient porté leurs fruits car je me dis : « Pas possible de reculer, donc tu avances ». Pas une seconde je n'envisageai de rester là, immobile et passif.

... Donc je me lève, sans cesser de dérayer afin que ma Lumière ne soit guère plus importante que celle de

Yolande (c'est tout dire !) et, mains aux poches, je vais vers la procession.

Les Noirs qui me surveillaient sont beaucoup trop disciplinés pour appeler ou même pour foncer sur moi sans ordres.

Ils se contentent de me suivre.

J'arrive devant le prisonnier. Moi, je vois les Noirs qui l'escortent, mais lui ne paraît pas les voir. On dirait qu'il est dans un rêve. Il doit croire qu'ils ne sont que trois ou quatre et qu'il a encore des chances car il marmonne entre ses dents, sur un ton de douleur :

— O mon Père !... Aidez-moi !

C'est écœurant. Moi j'ai vu et entendu, comme tout le monde, des gens qui souffraient, et même qui mouraient. Comme les Simons quand ils n'ont pas vu assez tôt que l'arbre leur tombait dessus. Comme les Barbas quand ils ont voulu faire un essai avec un vieil engin d'autrefois, et qu'ils l'ont fracassé contre un arbre. C'est fou ce que les arbres peuvent être dangereux !

Faut dire que pour les deux Barbas, c'était pas volé. Pourquoi avaient-ils pris dans un vieux tas de ferraille ce que les Légendes nomment une « automobile », et pourquoi avaient-ils passé des jours et des jours à la remettre en fonctionnement ?

On prétend qu'autrefois... Mais c'est idiot hurlent les gens. Qui pourrait utiliser de tels engins aux vitesses dont parlent les Légendes ? Paraît qu'autrefois on voyait à cent, deux cents, et même mille Vues ! C'est forcément des blagues, qu'ils disent. Parce qu'ils ne voient pas plus loin que moi *quand je porte mes lunettes,* ils refusent d'admettre que ça n'a pas toujours été ainsi.

Bon. Le gars, il marmonne « O mon père ! ». Eh bien, c'est de la blague. Parce que, lorsqu'on souffre beaucoup, et surtout quand on sait qu'on va mourir, on pleurniche toujours «Maman!». J'en suis sûr, si je savais que je vais mourir, j'appellerais «maman!». Et pourtant je n'ai jamais connu ma mère: elle était morte quand j'ai ouvert les yeux.

C'est ça qui m'a mis en colère contre lui. Ça, et puis aussi le fait que les quatre Noirs étaient derrière moi, attentifs, et que je n'avais aucune envie qu'ils me placent «en observation» dans quelque établissement spécialisé.

Je me suis placé sur le passage du prisonnier, et j'ai crié:

— Salaud!

Et je lui ai craché au visage. Un vrai crachat, gras et gluant, pas un petit jet de salive.

Il n'a rien dit. Il a baissé la tête et il a continué à marcher. J'ai remarqué alors qu'il portait quelque chose sur l'épaule, une espèce de poutre dont, à ce moment, je n'ai pas noté la forme.

Je rigolais franchement. Pauvre andouille! Avoir une Lumière comme celle que nous avions aperçue, Joss, Yolande et moi, être un Flamboyant et se laisser prendre par les Noirs!

Parce qu'il continuait à avancer, courbé, prêt à dégringoler, j'ai eu une idée. Il y avait à terre une branche morte. Je la lui ai lancée dans les jambes.

Il s'est cassé la gueule par terre. J'ai bien rigolé pendant qu'il essayait de se relever et que le sang pissait sur son menton.

CHAPITRE 4

— Bouge pas, môme ! grogne le Noir.

Je crois que ça ne lui avait pas plu, que je lance un bâton dans les jambes du prisonnier. Toujours est-il que, alors que les autres s'éloignent vers le prisonnier et sa croix (j'avais fini par voir que c'était une croix) il reste près de moi.

— On dirait que ça te fait plaisir, d'insulter ceux que nous allons éteindre, il me dit.

Il tombe bien. Moi, ça fait longtemps que je réfléchis à des tas de choses, et j'ai beau n'avoir que quinze ans, je réfléchis mieux que les autres, comme je vois mieux qu'eux.

Les salades de papa, voilà longtemps qu'elles me font rigoler. « Faut être honnête... Faut être juste... Faut être accueillant avec les faibles... etc. » Vous y croyez, vous ? Quels sont les Maîtres de notre monde ? Les Noirs. Et croyez-moi, en tant qu'honnêtes, justes et accueillants... Oh, oui, ça me fait rigoler !

Ça prouve que papa se fourre le doigt dans l'œil... à moins qu'il ne raconte des blagues... par peur des Noirs. Mais ce n'est pas de cette façon qu'on réussit dans la vie. Une preuve : il se tue au travail et on ne mange pas souvent du rôti !

— Quand c'est un prisonnier comme les autres, que je dis, je m'en fous. Mais quand c'est un type qui a une Lumière exagérée... ce type-là ne me plaît pas du tout.

Il me regarde, le Noir, comme s'il allait me dévorer.

— Que veux-tu dire par là ?

Je lui fais le sourire du samedi, quand on ne veut pas que le prof vous colle pour le dimanche :

— Vous me prenez pour qui ? je dis. Pas de blagues ! Mon père est inscrit aux Amis du Délégué et ce n'est pas avec moi que Son Honneur le Délégué aura des ennuis !

Le Noir s'amadoue un peu.

— Explique-toi. Les gens qui ont une Lumière exagérée ne te plaisent pas ?

— Oh, non, alors !

— Pourquoi ?

De nouveau, j'ai envie de rire parce que je connais la réponse depuis longtemps. Nous les gosses, on a comme un don pour comprendre ce que les Noirs ont dans la tête. Peut-être parce que nous n'avons pas peur d'eux autant que les adultes. Peut-être parce que leur raisonnement ressemble au nôtre plus qu'à celui des grandes personnes.

— Voilà, dis-je en simulant la colère. Moi aussi, j'ai une Lumière, et vous aussi, bien qu'elle soit cachée sous votre casque. Tout le monde a une Lumière, sauf les morts. Mais ça me fait râler quand un gars que je ne connais pas en a une plus éclatante que la mienne. Je lui casserais la figure avec plaisir !

— Jalousie, murmure-t-il avec intérêt. C'est humain. Ensuite ?

— Quand je vois, comme tout à l'heure, une Lumière au flanc du côteau, une Lumière qu'on voit à des centaines de Vues... vous vous rendez compte ? Des centaines de Vues ! Alors, je fonce.

— Ainsi, tu détestes cet homme ?

— Et comment !

— C'est-à-dire que, si tu courais sur lui, ce n'était pas pour l'aider ?

Je sursaute et je le regarde avec défiance :

— Vous êtes malade, non ? Vous n'avez pas vu comment je lui ai lancé une branche dans les pattes ?

— C'est vrai, il fait en hochant la tête... C'est vrai !

Le groupe a continué à marcher, et on s'est mis à le suivre à quelque distance. Mais le Noir est encore indécis. A mon goût, il est un peu trop indécis pour un Noir : d'habitude, ils sont très faciles à convaincre, surtout quand on malmène un de leurs prisonniers.

— Dis donc, gamin, grogne-t-il enfin... Tu hais les Lumières plus fortes que la tienne. Alors, celle du Général-Délégué ?

Bien entendu, j'attendais la question : ils la posent toujours aux jeunes afin de savoir si celui qu'ils interrogent n'est pas mentalement dévié.

Avec un fier sourire, je lui récite le début des Œuvres du Général-Délégué. On a ça dans toutes les écoles, sous forme d'un petit livre à couverture noire. Il approuve en hochant la tête et m'accompagne de sa voix de basse pendant que le prisonnier retombe, se relève encore mais péniblement, comme à bout de forces, puis reprend sa marche.

Quand j'arrive à *«Le Général-Délégué est un père pour le peuple. Sans lui les «Flamboyants s'empareraient du Pouvoir et les petites Lumières souffriraient»*, à ce moment il m'interrompt et demande :

— Le crois-tu vraiment ?

Je le regarde droit dans les yeux avec, dirai-je, quinze ans d'enfant dans le regard :

— Qu'est-ce que vous voulez dire ?

Et, soupçonneux :

— Si je comprends bien, vous doutez, vous, du Général-Délégué ?

— Non, non ! Pas question ! Tu as mal compris !

Il a peur que je le dénonce. Ça aurait mal tourné pour moi, mais il en serait toujours resté quelque trace dans son dossier... et adieu l'avancement ! Il n'a pas intérêt à asticoter un jeune gars qui connaît si bien le Petit Livre Noir.

Du couup, il change de thème :

— Quel est ton nom ?

— Micaël.

Il ne me demande même pas mon numéro civique.

— Dis donc, Micaël ?... Est-ce que tu as posé ta candidature à l'Ecole des Noirs ? Tu raisonnes à merveille pour ton âge. Trois ans d'études... et quand tu sors, l'uniforme...

— Non, dis-je, je ne l'ai pas fait.

— Et pourquoi ?

Soupçonneux et menaçant, il ajoute :

— Peut-être que Monsieur, comme certains, n'aime pas les uniformes ni la discipline ?

Je joue là une terrible partie, et je le sais. Pour la première fois, je discute seul à seul avec un Noir. Je suis prêt à ça depuis des mois, parce que c'est pour moi la seule façon d'échapper à la médiocrité à laquelle je parais condamné.

Mais je cours deux dangers. D'abord, que je tombe sur un imbécile... et il y en a, chez les Noirs ! A croire qu'on les choisit stupides pour qu'ils obéissent plus passivement encore. Ensuite, que je ne parvienne pas à me contrôler suffisamment, et que, sans le vouloir, je laisse échapper la vérité...

— J'ai pas osé, dis-je. A cause de mes lunettes.

— Qu'est-ce qu'elles ont, tes lunettes ?

— Elles sont épaisses, et teintées. Ma vue n'est pas fameuse.

— Voyons ça.

Il me retire les lunettes, les plante sur son nez, fait la grimace :

— Ouais, qu'il grogne. Ouais... Evidemment !

Comme il dit : « évidemment ! ». Il ne doit rien voir du tout, lui, à travers ces lunettes teintées. Comment devinerait-il la comédie que j'ai dû jouer pour que le spécialiste me donne ces verres ?

Avouer que je vois à deux Vues, même à trois, soit. Je ne suis pas le seul. Mais la vérité ! Jamais ! Ils me crèveraient les yeux.

— Ouais, qu'il répète. Evidemment, avec ces verres, tu ne peux voir l'arbre, là-bas, à gauche.

C'est un piège qu'il me tend, mais faut que je gagne. Faut que je sois très vite admis parmi les Noirs, que j'aie leur casque imperméable aux Lumières. Je ne peux pas continuer à dérayer pendant toute la journée, jusqu'à ce que je m'endorme de façon à rendre ma Lumière acceptable. Pas possible. Un instant de distraction, et je me trahirais.

Pour une fois que je suis seul avec un Noir, je vais lui

faire croire qu'il peut me protéger. Ils adorent ça, ça flatte leur vanité.

Je réponds avec un naturel parfait :

— L'arbre ? Non, bien sûr, avec mes lunettes je ne le verrais pas. Mais comme ça, sans lunettes, je vois très bien que c'est un tilleul.

— Nom de Dieu ! il jure.

Il me rend mes lunettes, il me regarde comme si j'étais une bête curieuse.

— Nom de Dieu ! il répète. Un Triple Vue, et personne ne le savait !

Il me harponne le poignet, serre avec dureté :

— Comment se fait-il qu'on ne t'ait jamais déclaré à la Commission ?

— Je ne l'ai jamais dit.

— Quoi ? Mais puisqu'on t'a donné des lunettes...

Mon sourire angélique numéro Un :

— Je voyais mal de près. Le spécialiste a essayé des verres et m'a donné ceux qui s'accordaient le mieux à mes yeux. Mais il ne m'a jamais demandé si je voyais de loin. Vous savez, les spécialistes, ils cafouillent, tout le monde le dit.

Là, pas de doute pour le Noir : tout le monde s'en plaint, des spécialistes. Et pourtant les Noirs ont pour consigne de faire taire les mécontents. A cette époque on n'a nulle envie d'être renvoyé au profit d'un autre plus qualifié.

Or, que sont les spécialistes, sinon des gens qui tentent de guérir les malades, les infirmes, les handicapés ? Moins on en guérira, et moins on aura de concurrents pour la « bonne place ». Même le Délégué tient le même raisonnement, et c'est pour ça qu'il fait éteindre les Flamboyants... mais ça, je me garderai de le dire !

A ce moment de mes réflexions, je constate que le Noir m'étudie, sourcils froncés... et je devine pourquoi ! Je me suis trahi ! Malgré ma longue habitude, je n'ai pu totalement contrôler mon dérayage, et ma Lumière s'est accrue pendant que je pensais.

Le Noir a beaucoup trop souvent contrôlé des Lumières pour ne pas l'avoir remarqué. Il me regarde, mâchoires serrées. Que son soupçon s'avive, et je suis perdu.

— Toi, gosse, gronde-t-il enfin, tu sais dérayer ! Oh, pas de protestations. J'étais intrigué, car ta Lumière ne correspondait pas à celle d'un homme qui raisonne comme tu le fais... Et voilà qu'elle s'est mise à clignoter... Tu n'es pas sot, et tu avais la Lumière d'un sot. Alors ?

Il me saisit par le poignet et serre, menaçant :

— Tu sais dérayer, n'est-ce pas ?

— Oui, je murmure, je sais.

Et je tente de trembler, mais je n'y parviens pas. Il continue à serrer mon poignet :

— Et pourquoi tentes-tu de truquer ta Lumière ? Pour nous égarer ?

— Pas du tout ! Ecoutez... En toute franchise, je voulais voir comment vous faites pour éteindre ces salauds de Flamboyants. Alors, je me suis approché en silence. comme vous étiez en train de parler et de rire, je savais que les Boîtes à sons ne signaleraient pas ma présence. Ma Lumière, si fait. Alors, j'ai dérayé de façon à n'en montrer que le moins possible. Voilà tout.

Il continue à me regarder, mais il lâche mon poignet.

— Quoi ? il grogne. Tu prétends que tu as commencé à dérayer quand tu t'es approché de nous ?

Impossible de me rétracter. Je murmure :

— Oui.

J'ai commis une gaffe, c'est sûr. Il y a près de dix minutes que nous discutons, lui et moi... Donc, j'ai dérayé devant lui pendant dix minutes ! Or, ceux qui peuvent le faire pendant deux ou trois minutes sont déjà des sujets exceptionnels ! Mais il ne m'attaque pas tout de suite sur ce point-là, aussi j'ai le temps de me préparer à lui répondre.

— Tu te rends compte, môme ? demande-t-il. A quinze ans, t'es un Trois Vues et tu déraies ! Comme ça, naturellement ! Et il y a des Noirs qui passent des années avant d'en arriver là ! Ecoute, je ne voudrais pas t'influencer, mais...

Je sens très bien qu'il parle, qu'il parle, afin d'endormir ma méfiance. Il laisse sa phrase en suspens. Je dis :

— Ça signifie quoi, vos salades ?

— Tu n'as pas compris ? Rien que parce que tu es un Trois Vues et que tu déraies, tu entres directement, sans concours, à l'Ecole des Officiers. Trois mois après t'as tes galons, et moi j'ai plus qu'à me mettre au garde-à-vous. Compris ?

Il y a de l'amertume dans sa voix quand il ajoute :

— Mais moi, il a fallu qu'ils me fassent des séries de piqûres pour que je devienne comme toi. Et dérayer, je sais... mais pas plus de deux ou trois minutes.

Nous y voilà ! Devant lui, je viens de dérayer pendant dix minutes...

— Voyons, reprend-il. Il faudrait tout de même savoir si ta Lumière, au maximum, est suffisante pour que tu obtiennes ton brevet d'Officier. Es-tu au maximum ?

— Pas tout à fait.

— Vas-y ! Essaie... La plus grande Lumière que tu peux créer. Je te dirai si tu pourras être capitaine... ou qui sait ? Colonel de Noirs ! Tu te rends compte ! Vas-y !

Pauvre imbécile ! S'il croit que je vais me trahir de cette façon ! Capitaine ? Et même colonel ? J'ai vu parfois leur Lumière : elles n'ont rien de comparable avec la mienne. Mais évidemment le Noir ne doit pas l'apprendre...

Je cesse un peu de dérayer, mais très peu. Pour présenter à peu près la Lumière d'un capitaine. Et le voilà convaincu ! Il ne se demande pas si je ne continue pas à dérayer. A son avis, c'est impossible. Une Lumière de capitaine, c'est énorme. Il sifflote.

— Oh bravo, bravo ! affirme-t-il. Et... tu peux dérayer pendant longtemps ?

Je hausse les épaules :

— Ça, je ne peux pas vous dire. Sans doute pendant une heure.

— Dis donc ! fait-il, admiratif. Une heure ? Comme Josiah ! Oui, tout comme Josiah ! Oh, dis donc ! A vingt ans, tu seras à l'Etat-Major du Délégué !

Josiah est le Chef d'Etat-Major du Délégué, très populaire parmi les Noirs. Je ne réponds rien. Qu'est-ce qu'il dirait si je lui révélais la vérité ! Dérayer pendant une heure ? C'est pendant des mois que j'ai dérayé ! Oui, depuis plus d'un an. Dès que je me suis aperçu que ma Lumière se développait avec une inquiétante rapidité. J'en ai eu peur. Peur de me faire éteindre. Je n'ai jamais vu la Lumière du Délégué, mais je crois que, si j'étais à côté de lui, sans dérayer, je l'éclipserais. Et qu'est-ce qu'on me ferait ? On m'éteindrait.

Alors, d'instinct, je me suis habitué à dérayer sans arrêt, du réveil au sommeil. Pas pendant le sommeil, parce que là on ne risque rien : la Lumière s'éteint presque totalement.

Oui, je le sais parce que parfois, la Nuit, quand je me

réveille, je me regarde dans un miroir sans recommencer à dérayer. J'ai la Lumière d'un Flamboyant ! Mais je ne suis pas un Flamboyant... Pas si bête !

Ce qu'il me faut, c'est un casque protecteur, le casque des Noirs. Là-dessous ma Lumière pourra se développer sans que je gaspille mes forces à dérayer pour l'effacer. Et je pourrai enfin penser, réfléchir, et ne plus agir comme un gamin.

Un casque de Noir ?... Mais si mon compagnon du moment a dit vrai, ça paraît tout à coup si facile !

« Ça y est ! me dis-je. J'ai gagné. Je ne me suis pas trop découvert, et j'aurai le casque qui masque la Lumière ! ».

A ce moment-là, je remarque que le Noir n'a pas cessé de me regarder avec un drôle de sourire.

— Ça te plairait, hé ? qu'il me fait.

Je réponds : « Oui ». Pas trop fort, parce que ça me gênerait si Joss et Yolande entendaient. Bien sûr ce sont des minus... Tout de même, on a été copains. Mais il doivent être loin, Joss et Yolande ! Probable qu'ils n'ont même pas osé s'approcher du cortège, et s'ils l'ont fait ils ont décampé avant que le Noir s'approche de moi.

— Dis donc, fait le Noir à voix basse... Mon nom, c'est Cincina, et je ne suis pas encore Chef de groupe. Si un jour tu peux m'aider...

C'est là que, pour la première fois, je suis sûr qu'il prend l'affaire tout à fait au sérieux. Je ne réponds rien, mais je cligne de l'œil vers lui.

Il reprend, tout heureux :

— Quand on aura éteint ce type, tu viendras avec moi. Je veux que tu fasses ta demande d'admission directe à l'Ecole des Officiers. Et tu la feras devant moi ! Parce que, si on se fie aux parents !... Les trois quarts sont des dégénérés, qui espèrent que les Flamboyants prendront la direction du monde! Et alors, nous, qu'est-ce qu'on deviendrait?

Comme on a pressé le pas depuis un moment, on a rattrapé le cortège. Il me montre le prisonnier qui, sa croix sur l'épaule, tombe pour la six ou septième fois.

— Tu te rends compte? Ça diriger des milliers d'hommes dignes de ce nom?

Je suis d'accord avec lui. Ces flamboyants-là, qui se laissent maltraiter sans réagir, c'est pas des hommes. Et sans que je sache pourquoi, je dirais: « Surtout pas celui-là! ». Non, aucun homme n'accepterait ça. Il y a en lui quelque chose qui n'est pas humain.

Donc, je ne réponds pas au Noir, mais je pense comme lui à ce point de vue-là. Vous, les Flamboyants, si vous tenez vraiment à modifier le monde... pas même à en prendre la tête, mais à le rendre différent... changez de méthode!

Depuis plus d'un an que je freine ma Lumière, j'ai compris que les hommes sont lâches, que les hommes sont paresseux, que les hommes sont stupides, que les hommes sont avares... Oh, pas la peine d'aller plus loin: ils sont tout, sauf, ce qu'ils prétendent adorer dans leurs temples.

Et c'est pour ça que, depuis des mois, je cache ma Lumière, et que je continue à m'exprimer comme un gosse.

CHAPITRE 5

On a pris beaucoup de retard pendant qu'on discutait, le Noir et moi, aussi quand on arrive au sommet de la colline, les autres sont en train d'éteindre le Flamboyant.

Le Noir me souffle à l'oreille :

— C'est la première fois qu'on utilise ce truc. D'habitude, on ne l'emploie que pour les larrons et ceux qui ont insulté le Général-Délégué. Si on avait eu le temps, on aurait éteint aussi deux larrons : un à droite, un à gauche. Toi qui es un gars à la page, tu vas voir : c'est marrant.

Je veux bien que ce soit « marrant » mais pour le moment je ne suis pas dans mon assiette, au point que j'éprouve des difficultés à adoucir ma Lumière. Ce n'est pas facile, de dérayer sans arrêt quand on est vraiment ému.

Les Noirs ont planté la croix, le pied coincé entre des rochers, et ils sont en train d'y clouer le type. Tout simplement. Les pieds sur la barre verticale, les bras sur la barre horizontale.

Du fond de je ne sais où remonte dans mon souvenir une vision identique... mais où ? Mais quand ?

Le Flamboyant ne hurle pas. Il geint, lamentable. Où les Noirs ont-ils trouvé ces énormes clous ? Peut-être qu'ils en portent dans leurs poches, en prévision d'un tel « amusement ».

Mais ils n'ont pas de marteau, et ils frappent avec des pierres. De temps en temps ils manquent leur coup et la pierre vient écraser les doigts ou le poignet du type.

Je crois d'ailleurs qu'il s'est évanoui. Son menton repose sur sa poitrine et il ne bouge plus.

Les Noirs reculent et continuent à rire. Moi, je n'y parviens pas, bien que j'aie conscience de ce que mon compagnon m'étudie avec une attention gênante. Allons, Micaël ! L'avenir n'est pas aux sensibles. Il faut que tu te débarrasses une fois pour toutes de ces contes de bonne femme dont ton père t'a encombré le souvenir. Et pourquoi s'attendrir quand on voit mettre en croix un Flamboyant ? Cet imbécile-là n'avait qu'à mieux cacher sa Lumière !

Le Noir continue à me regarder, et je dois faire grise mine car il a l'air de plus en plus inquiet. Il pense à son avancement ! Si son jeune protégé n'est pas capable de supporter ce spectacle bénin (il en verra bien d'autres plus tard !) il ne sera jamais officier et donc ne pourra jamais l'aider à devenir Chef de section.

— Dix minutes, me dit-il, et le voilà éteint... définitivement.

— Pourquoi vous ne l'éteignez pas d'un seul coup ?

Ma voix chevrotte un peu.

— Jusqu'à présent, répond le Noir, c'était ce qu'on faisait. Mais ça devient monotone. Ça n'a pas de charme, on en est fatigués. Au début, oui, ça fait quelque chose d'éteindre quelqu'un... même un larron presque sans Lumière. Maintenant, ça ne nous fait plus rien du tout.

Il réfléchit un peu, puis :

— Tu n'as jamais entendu parler de l'indifférence des chirurgiens ? Ils te charcutent sans qu'un de leurs cils bouge et sans que leur main tremble... Et il le faut, n'est-ce pas ? Eh bien, nous, c'est pareil. Si on commençait à trembler quand on éteint quelqu'un, on ne pourrait pas faire notre boulot... et c'est nous qu'on éteindrait.

— Oui, je murmure. Je comprends...

Il tourne la tête, mais je sens qu'il m'observe encore.

— Pour toi, bien sûr, c'est différent. Tu n'en as jamais éteint aucun. Si tu veux essayer... je n'y vois aucun inconvénient, les copains pas davantage.

— Vous croyez ?

Et je me dis qu'il faut que je le fasse, que j'éteigne le Flamboyant, sinon adieu l'Ecole des Officiers... sans compter l'enquête à mon sujet que les Noirs entreprendront !

Il interpelle ses copains :

— Pas vrai, que vos êtes d'accord si ce jeune gars veut s'amuser à éteindre ce type ? Faut que je vous dise que c'est un Trois Vues et qu'il déraie quand il veut et comme il veut !

Les autres m'entourent, me regardent avec incrédulité. Moi, j'ai retiré mes lunettes pour voir exactement ce qui se passe.

On est tout en haut du coteau. Dans le ciel courent de gros nuages gris. Ils ne les voient pas, ces nuages, pas plus qu'ils ne devinent le soleil dont je discerne la place à travers la brume.

Qu'est-ce qu'ils diraient, qu'est-ce qu'ils feraient s'ils savaient que, lorsque j'ôte mes lunettes je vois non à deux ou trois Vues, mais à mille, et davantage ? Et que je n'ai pas cessé de dérayer, comme chaque jour, depuis que je me suis réveillé ce matin ?

Ils me crèveraient les yeux et ils m'éteindraient, c'est sûr.

— Allons, fait le Noir... Tu te décides ?

Je remets mes lunettes. Plus de nuages, plus de soleil. La pénombre partout.

Le crucifié lève la tête et gémit. C'est ça qui me décide. Je n'ai aucune estime pour lui (tous ces Flamboyants sont idiots de se laisser prendre si facilement !) mais il souffre. Et j'ai beau faire, ça me fait souffrir, qu'il souffre.

— Pourquoi lui avez-vous mis un casque ? je demande.

Le Noir me dit :

— C'est l'ordre. On craint les rassemblements de curieux.

— Mais maintenant, il a perdu beaucoup de sang, il est déjà aux trois quarts éteint ! Je voudrais voir ce qui reste de Lumière... juste un petit moment ! Ne voudriez-vous pas ôter son casque ?

— Fais-le toi-même, gars ! répond le Noir.

Il veut savoir si j'aurai le courage de tuer le Flamboyant. C'est un test, quoi... Mais plus encore pour moi que pour lui ! Car si je ne l'ai pas, ce courage, c'est moi que l'on éteindra. Et quand je pense à tout ce que je peux faire plus tard... « Officier des Noirs », il a dit... Est-ce qu'il croit vraiment que ça me suffira, avec la Lumière que j'ai ?

Je monte sur le rocher le plus haut, je tends la main,

j'ôte le casque. La Lumière du crucifié clignote avec une sorte de désespoir. Elle dépasse à peine la normale.

Il ouvre les yeux, le type, et il me voit. Il sourit faiblement :

— Ah oui, qu'il murmure... Les enfants... Laissez-les venir à moi !

Puis il gémit et supplie son père. Comme si son père y pouvait quelque chose ! Il a perdu l'esprit.

*
* *

... Je suis descendu, je suis revenu vers le Noir. Dans la main, je serre une grosse pierre.

— Ce sera le premier que j'éteindrai ! je crie. Et il y en aura d'autres !

J'ai lancé la pierre.

J'ai touché le type sur la tempe, et tout de suite il a cessé de gémir. Son menton est retombé sur sa poitrine, et sa Lumière s'est éteinte. Complètement. Et croyez-moi, il ne dérayait pas.

— Ça, c'est du boulot, petit gars ! a dit le Noir, radieux.

Il avait peut-être encore quelques doutes. Fini. Et du même coup le Flamboyant a cessé de souffrir.

— Bon, reprend le Noir. On va aller à l'Ecole des Officiers, j'expliquerai ton cas, et on te fera inscrire d'office. Tu y as droit.

— Je ne demande que ça, dis-je fermement.

Il reprend :

— Mais d'abord, on va aller voir ton père et le mettre au courant.

Je secoue la tête :

— Non. Je me fous de mon père.

Et je cite :

— «*Le Noir est le bras du Général-Délégué. Un bras n'a ni père, ni mère, ni enfants, ni amis*». C'est dans la page 17 du Petit Livre Noir, en fin de page.

Il me frappe sur l'épaule, épanoui.

— Moi, je vous le prédis, fait-il à l'intention des autres... Ce petit gars sera capitaine avant cinq ans !

*
* *

... Comme on redescendait le coteau, j'ai ôté mes lunettes. Le soleil flamboyait derrière la croix — ce soleil que les autres voient à peine. Loin, très loin, j'ai vu Joss et Yolande, blottis l'un contre l'autre.

Ça ne m'a fait ni chaud ni froid. Je n'ai plus le temps d'être jaloux. Adieu, les gosses. C'est le Pouvoir que je veux conquérir.

DEUXIÈME PARTIE :

LES SCIENTISTES.

(Extrait de l'Encyclopédie galactique, volume 3 de Sol).

... Fait sans explication rationnelle, dans ces demi-ténèbres où végétait la population, la Science matérialiste se développa soudain très vite, comme si quelques livres échappés aux outrages du temps étaient tombés entre les mains d'hommes capables d'en extraire la « substantifique mœlle », ou comme si, à la suite de la Grande Catastrophe qui avait amené ces mutations humaines, la Terre avait été précipitée dans quelque Univers parallèle où la Civilisation, tout en parcourant ses habituelles étapes, eût avancé à pas de géant.

Ces matérialistes, que l'on surnommait « Scientistes », eurent l'habilité de se livrer à leurs recherches sans attirer l'attention, si bien que, lorsque le Pouvoir prit conscience de leur force et tenta de les supprimer, ils étaient parfaitement capables de se défendre, et même de passer à l'attaque.

Pendant quelque temps, ils inquiétèrent sérieusement l'ordre établi, et leur défaite finale fut essentiellement due à l'action efficace d'un jeune officier dont l'Histoire a retenu le prénom : Micaël.

Ce jeune officier disparut d'ailleurs aussitôt après qu'il eut réduit les Scientistes à l'impuissance. Il ne semble pas qu'il ait été victime du combat, pas plus que des jours d'anarchie qui suivirent.

En fait, on ne dispose d'aucun document expliquant sa disparition.

CHAPITRE 1

Au moment où je suis sorti de l'Ecole, les Scientistes commençaient à se manifester. Je m'en souviens avec la netteté de ma mémoire à peu près infaillible, comme je me souviens du jour où Josiah, chef d'Etat-Major, me convoqua pour la première fois, moi, humble lieutenant de Noirs... et de cette entrevue dépend toute ma carrière.

Mais d'abord, que j'explique comment et pourquoi je me suis orienté dans cette voie.

... Quand je suis entré chez Galil (matricule civique 25 K 3812) j'étais décidé à l'éteindre. Non que mes supérieurs m'en eussent donné l'ordre formel, mais j'avais fort bien compris que Galil les gênait. Et surtout qu'il gênait le Général Délégué.

Or, depuis mon entrée à l'Ecole, on m'avait présenté ce dernier comme un dieu. Je sais : j'étais intelligent et au début j'avais eu, intérieurement, pas mal d'ironiques sourires. Peu à peu pourtant, l'habitude, la nécessité de réagir comme mes compagnons afin de ne pas attirer l'attention...

Eh bien, la conviction avait fini par s'établir en moi... Oh, encore vacillante certes ! *Le Général-Délégué œuvrait uniquement pour le bien de tous.* C'était d'ailleurs une conviction assez bizarrement charpentée. Je n'ignorais pas que c'était faux, et que le Général-Délégué se moquait du bien-être général et ne songeait qu'à conserver le Pouvoir. Mais je n'ignorais pas davantage que nous vivions dans une société fortement disciplinée, et que l'abandon d'une telle discipline nous conduirait à l'anarchie, à la guerre civile, avec tous les maux qu'elles comportent. Et qu'anarchie et guerre civile nous mèneraient infailliblement à une nouvelle dictature. Dans toutes les Légendes que nous avons pu déchiffrer, il en a été ainsi. Et pourtant, à ces époques-là, les humains voyaient comme moi... c'est-à-dire à des milliers de Vues !

Il n'y avait plus de doute : *pour le bien de tous,* les Flamboyants devaient être éteints ainsi que les adversaires du Général-Délégué.

*
* *

...Donc, quand je suis entré chez Galil, j'étais décidé à l'éteindre. Mais on ne m'avait pas envoyé chez lui pour cela, du moins pas officiellement. Galil était trop haut personnage dans l'Etat : Directeur de l'Institut des Sciences, il était assimilé au grade de colonel. Or nous ne connaissons qu'un seul général : le Délégué.

A la ceinture, je portais l'aveugleur réglementaire, et

j'avais l'intention de l'utiliser. Quand Galil serait aveuglé pour plusieurs minutes, je trouverais un moyen de le frapper de façon à ce que sa mort parût due à un accident. Le général Délégué m'en saurait gré... et qui sait ? Dans l'excès de sa joie, pourquoi ne me nommerait-il pas aussitôt capitaine ? Cela s'était produit pour d'autres.

*
* *

J'étais venu seul. Pas besoin de témoins pour la besogne que j'allais accomplir.

Avant d'entrer, j'ôtai mes lunettes comme pour les essuyer. Il y avait un peu de brume — très fâcheux pour les binoclards.

Galil habitait une maison presque neuve, au milieu d'un petit parc planté de gros arbres. Chose étrange, il y avait des massifs de fleurs dans ce parc, des fleurs de toutes les couleurs.

J'ouvre encore une parenthèse. Quand je porte mes lunettes, je suis comme tout le monde, c'est-à-dire que je ne discerne pas les couleurs. Quand je les ôte, les couleurs m'éblouissent, me sautent au visage.

Il m'a fallu très longtemps pour leur donner un nom. En effet, s'il m'était possible de me dire : *« ça, ça ressemble à ça à côté, ou à ça au loin »* personne, et pour cause, ne m'avait appris le terme par lequel on désignait « ça ».

C'est pourquoi, à l'Ecole, je me suis vivement intéressé aux illustrations des livres anciens entassés dans la bibliothèque — et surtout aux vieux livres consacrés aux fleurs, auxquels personne ne recourrait jamais.

Il est évident que, pour mes compagnons d'études,

pour lesquels tout paraissait gris, certains mots de ces livres : « rouge », « bleu », « vert », etc. ne présentaient aucun sens. Pour moi, si.

Donc, il y avait devant la maison des massifs de fleurs de toutes couleurs. Jusque là, rien d'anormal. Bien qu'elles soient pour eux uniformément grises, certaines gens s'amusent à cultiver des fleurs, et même à l'intérieur de maisons, dans des pots de terre.

Bien entendu, ils s'attachent uniquement à la forme de la plante. Mais là, ce que j'avais sous les yeux me laissait rêveur !

Imaginez des parterres dans lesquels toutes les fleurs rouges forment un groupe massif, entouré uniquement de fleurs jaunes. Coïncidence ? Hasard ? Impossible ! Etant donné le nombre de plantes, si aucune rouge ne s'était glissée parmi les jaunes et vice-versa, c'est qu'il y avait intention délibérée de les grouper *par couleur*.

Et donc, la personne qui avait réalisé ces parterres voyait les couleurs, tout comme moi. Cela me donna un coup. J'avais toujours cru être seul au monde à bénéficier de ce merveilleux privilège... et, je serai franc, j'avais compté sur ma vue exceptionnelle pour favoriser mon avancement.

Tout de suite, je me dis : « Il faut que tu saches qui a conçu ces parterres, et si cela ne peut te nuire dans ta carrière. Si cela peut te nuire, eh bien, tu l'éteindras ».

N'oublions pas que je sortais à peine de l'Ecole et que, pendant des mois et des mois, j'avais enduré vexations et brimades en m'appuyant sur mon idée fixe : grâce à ma vue extraordinaire, un avancement non moins extraordinaire.

Je remis mes lunettes, je marchai vers le perron et je tirai la sonnette. Je l'entendis tinter. Ce n'était pas « la sonnette de tout le monde». Le son présentait des nuances de gaîté et de jeunesse que je ne m'attendais pas à rencontrer chez le Directeur de l'Institut scientifique.

J'attendis. Je ne m'étais pas documenté quant au mode de vie de Galil (à quoi bon ? Qui oserait s'opposer à un Noir... surtout à un Officier !) mais je supposais que, étant donnée son importance sociale, il disposait de plusieurs serviteurs. Deux au moins !

La jeune femme qui ouvrit la porte n'avait pourtant rien d'une servante. Son sourire était franc, son regard direct. Je soulevai un peu mes lunettes... Elle portait un pantalon gris et un tricot marron foncé. L'ensemble était horrible, et je me dis qu'elle n'était certainement pas la créatrice des parterres de fleurs.

Cependant, elle était jolie et je lui rendis son sourire. Il faut avouer que, pendant nos années d'étude à l'Ecole, nous ne sommes pas gâtés côté femmes. Il y a bien, tout près, une maison dont les poutanes sont à notre disposition par ordre du Général-Délégué, mais quand on sait que cinq ou six compagnons sont déjà passés sur une femme dans l'heure qui précède, ça donne une étrange impression d'animalité.

Celle qui ouvrit la porte était jeune, jolie et souriante. L'uniforme des Noirs, qui glace le cœur des civils, ne semblait pas l'impressionner. Pas du tout.

— Vous désirez ? demanda-t-elle d'une voix un peu grave.

Certains, que je connais, eussent répondu : « Toi ! ». Plus je la regardais, plus elle me coupait le souffle. Je toussotai et je dis :

— J'ai un message oral pour le professeur Galil.

Et je me présentai :

— Lieutenant Micaël.

— Entrez, lieutenant. Je suis sa nièce, Gaëlle. Je vais voir s'il veut vous recevoir.

Comment imaginer une telle réponse ? Jamais, depuis que le monde est monde, jamais personne n'avait osé répondre à un Officier Noir : « S'il *veut* vous recevoir ». C'était si insolite que je grommelai :

— Vous voulez dire : « S'il *peut* me recevoir » ?

Elle renouvela son magnifique sourire et murmura :

— S'il le *veut,* lieutenant.

C'est alors que ce que j'avais appris à l'Ecole me revint en mémoire. Entre autres, il y avait le célèbre : *« Noir, joue avec les femmes, mais ne les laisse jamais jouer avec toi ».*

Il était d'ailleurs de tradition qu'un plaisantin changeât une lettre, une seule, ce qui provoquait l'hilarité générale.

Où se croyait-elle, cette jeune femme ? Devant un de ses amants *civils ?* Moi, officier de Noirs, j'avais le droit d'entrer partout sans m'annoncer ! Furieux, je la repoussai d'une main, et elle alla heurter le mur assez rudement pour que le choc lui arrachât un léger gémissement.

Aussitôt, j'eus honte de mon geste, mais un Noir — surtout un Officier — ne montre jamais qu'il a honte. Je passai devant elle, très droit, très raide, sans la regarder. A ce moment-là, j'ignorais que, si elle l'avait voulu, elle pouvait me tuer. Mais était-elle capable de tuer quelqu'un, Gaëlle ? Ce n'est que beaucoup plus tard que j'obtins une réponse.

Donc, je passai devant elle. De côté, je la voyais, adossée au mur, un poing sur la bouche, les yeux écarquillés. Atterrée. Parce que j'étais jeune, elle avait cru que j'étais un tendre... Comme s'il y avait des tendres parmi nous, les Noirs ! Surtout moi ! Je ne pouvais me permettre de l'être, car si l'on ouvrait une enquête...

J'ouvris une porte. Une salle déserte. Une autre : un homme était là, à une Vue, courbé vers un bureau encombré de paperasses. Il portait des lunettes teintées. Je savais déjà qu'il avait la cinquantaine et qu'il était presque chauve.

Avec rudesse, je demandai :

— Etes-vous Galil ?

Il leva la tête et fit doucement :

— Je suis le professeur Galil. Que voulez-vous, *officier ?*

Officier ! Cela me rendit furieux. La coutume veut que les civils disent : « Monsieur l'Officier ». J'avais déjà la main sur l'aveugleur quand je m'en souvins : il avait rang de colonel. Cette simple pensée déclencha en moi le réflexe conditionné que l'on avait soigneusement développé pendant mon séjour à l'Ecole. Je me mis au garde à vous et je me présentai, sur un ton impersonnel :

— Lieutenant Micaël.

— Repos, fit-il d'une voix lasse.

Il avait légèrement haussé les épaules.

— Pourquoi avez-vous dit « officier » ? repris-je.

Il me regardait avec surprise :

— Vous l'êtes, n'est-ce pas ? murmura-t-il.

— Bien sûr. Mais nous avons coutume de nous entendre interpeller par notre grade.

Il soupirait. C'était un homme maigre, de petite taille autant que je puisse en juger. Sa Lumière était banale. Hors de chez lui, rien ne l'eût distingué d'un vulgaire artisan, sinon peut-être sa calvitie. Il tenait dans ses mains un crayon qu'il faisait rouler entre ses doigts.

— Oh, répondit-il enfin, j'ai si peu l'habitude !

Un sourire gentil, et désabusé :

— S'il fallait se souvenir de toutes ces inutiles marques de politesse, vestiges d'un lointain passé ! Tenez, le croiriez-vous ? Mon titre de Directeur de l'Institut des sciences me donne droit à la désignation de « Votre Honneur », tout comme le Général-Délégué !

Etait-ce un piège ? Je me remis au garde à vous et, impersonnel :

— J'enregistre, Votre Honneur.

Il se mit à rire, un peu amer :

— Non seulement je n'y tiens pas, mais cela me gêne. Je suis le professeur Galil, voilà tout. Je pense que, à certains points de vue, tous les Humains se valent, et je ne cesse de le proclamer à l'Institut.

— Je sais, dis-je.

Et j'ajoutai aussitôt, très sec :

— Vous ne devriez pas le dire. C'est très dangereux pour vous. Et cela irrite le Général-Délégué.

— Le Général-Délégué ! soupira-t-il. Nous y voilà. J'attendais votre visite, ou celle d'un de vos semblables, depuis bien longtemps. Croyez-vous que j'ignore que le Général-Délégué est formellement opposé au développement de la Science ? Et comment en serait-il autrement, puisque le but de celle-ci est d'ouvrir les yeux aux Humains que le régime actuel écrase sous sa botte ?

— Vous êtes un rebelle ! grondai-je en portant de nouveau la main sur mon aveugleur.

Il haussa les épaules.

— Je suis un opposant, voilà tout. Il est bon, sous tous les régimes, que l'on laisse vivre une opposition, car elle est la source de tout progrès. Maintenant, voyons... Etes-vous ici pour m'emprisonner, ou pour m'éteindre ?

Je grognai :

— Ni l'un, ni l'autre. Quand je suis entré, je n'avais aucun ordre précis. Mais après vous avoir entendu, je n'ai pas besoin d'ordres pour savoir que vous êtes un danger pour le Général-Délégué. Aussi...

Je dégainai mon aveugleur, je le braquai sur lui et j'appuyai sur la détente.

CHAPITRE 2

Bien entendu, j'écris ces lignes des années et des années plus tard, et j'ai le sentiment que les réactions que j'avais alors peuvent paraître incompréhensibles à tous ceux qui n'ont jamais mis les pieds à l'Ecole des Noirs.

D'après ce que j'ai compris par la suite, celle-ci était semblable à toutes les Ecoles où l'on « forme » des Elites. C'est-à-dire que, d'une façon ou d'une autre, on arrive à déformer les élèves en les persuadant de ce qu'ils sont supérieurs, par leur intelligence et leur formation, à tous ceux qui n'ont pas eu la même chance qu'eux.

Pour donner une vague idée de l'enseignement, ou plutôt de la « formation » que nous recevions, je me contenterai de citer quelques phrases extraites du Programme de la classe terminale, phrases qui surgissent du lointain passé et que l'on a recopiées dans un livre très, très ancien, un de ceux qui, par miracle, ont échappé aux outrages du temps.

On suppose qu'il s'agit de récits imaginaires, mais parfois on y rencontre des idées qui correspondent à merveille à la pensée du Délégué-Général. On les affiche en gros caractères sur les murs, et tout Noir peut les citer de mémoire.

Un exemple :

« Dans les rangs subalternes de l'armée... l'obéissance « absolue est indispensable. Au contraire, dans les « degrés supérieurs du commandement,... le choix du « subordonné est contraint parfois de s'exercer entre « deux devoirs antagonistes : celui de l'obéissance à la « lettre de l'ordre écrit et celui que peut lui imposer un « changement dans la situation militaire... ou celui que « lui dicte alors sa conscience et son sentiment de « l'honneur si le problème est d'ordre moral » (1)

Cela m'a fait grimacer au début, comme beaucoup d'autres affirmations du même genre. Ainsi, ce n'était qu'à partir d'un certain grade (mais lequel ?) que l'on pouvait écouter ce que dicte la Conscience et l'Honneur ?

Je l'avoue, j'ai très difficilement admis cela, jusqu'au moment où, à force de l'entendre répéter, j'ai compris que, pour l'avenir de notre Société actuelle, il était bon que seuls un petit nombre d'Humains, dotés de Lumières suffisantes, aient le droit de ne pas obéir quand leur Conscience ou leur Honneur (et pourquoi ne pas l'avouer, parfois leur Intérêt) leur ordonne de répondre « Non ! ». Si l'on accordait ce droit aux subalternes, où irions-nous ?

(1) (Extrait d'un très, très vieil imprimé : HISTORIA septembre 1963, sous la signature d'un général : Weygand. Je rappelle que nous n'avons qu'un seul général, le Délégué. Ce Weygand devait être le dictateur de cette époque).

Notre Société s'écroulerait si nous, les Noirs, refusions l'obéissance passive. Quand je dis « nous », je pense bien sûr aux subalternes. Les cadres supérieurs ont toujours bénéficié du privilège de n'en faire qu'à leur tête, sous prétexte de Conscience et d'Honneur, vertus dont leurs subordonnés sont évidemment dépourvus.

Et c'est moi, Micaël, qui écris cela !

Une seule explication : je suis vieux quand je rédige ces mémoires. Vieux et donc fatigué. On prétendait autrefois que chez les vieux c'était la sensibilité qui s'émoussait. Faux. Ils ne voient pas les choses sous le même angle que les Jeunes, voilà tout.

Est-ce parce qu'ils bénéficient de l'Expérience ? Est-ce parce que leur cerveau fonctionne au ralenti ? Le fait est que, tant que je n'ai pas senti l'âge peser sur mes épaules, je ne me suis même pas occupé de leurs divagations.

Quand on est Jeune, on se demande : « *Comment* ? ». Comment obtiendrai-je ça ? Comment accèderai-je à ça ?

Quand on est Vieux, on se demande : *« Pourquoi ? »*. Pourquoi ai-je voulu obtenir ça ? Pourquoi ai-je voulu accéder à ça...

... alors qu'en définitive on se retrouve au même point que ceux qui n'ont jamais rien eu. On a dominé les autres, on a obtenu à peu près tout ce qu'on désirait. Et puis le moment vient où l'on doute, où l'on se demande : « Pourquoi ? ».

Les Chefs devraient mourir jeunes.

*
* *

... Donc, à cette époque, je me demandais « comment ? » et non « pourquoi ? ». Et « comment », je le savais. Il me suffisait d'utiliser ce que je possédais et que j'avais soigneusement caché.

Primo : Mes yeux étaient ceux des Humains des Légendes, c'est-à-dire que ma vision était infiniment supérieure à celle de mes semblables.

Secundo : Ma Lumière, lorsque je ne dérayais pas, était celle d'un Flamboyant.

Deux privilèges dont je n'avais jamais parlé — je m'en étais bien gardé, je tenais pas à me faire éteindre ! — mais qui, dans mon esprit, m'accordaient les plus hautes places dans notre Société grâce à ma supériorité physique et intellectuelle.

Je voyais mieux que les autres, je raisonnais mieux qu'eux. Donc j'étais fait pour ordonner, non pour obéir. Ce raisonnement n'est-il pas celui de tous ceux qui se jugent supérieurs aux autres ? Comme si l'on pouvait se juger soi-même !

*
* *

... Donc, j'étais le lieutenant Micaël, prêt à tout pour obtenir un grade supérieur, et j'avais mis en joue le professeur Galil, et j'avais tiré.

Bien sûr, conformément aux Instructions (et à mon expérience !) j'avais fermé les yeux afin de ne pas être aveuglé moi-même, ce qui se produisait quand je portais les lunettes car alors je ne voyais guère mieux que les autres.

*
* *

Toujours conformément aux Instructions, j'ouvris les

yeux trois secondes plus tard. Mes mâchoires se serrèrent au point que j'entendis crisser mes dents. J'étais tombé dans un piège !

Galil souriait et me regardait, tranquille. Au cours de mon séjour à l'Ecole, j'avais plusieurs centaines de fois tiré à l'aveugleur sur des Humains. Et je connaissais moi-même l'effet qu'il produisait puisque, comme tous mes compagnons d'études, j'avais servi de cible.

Une fulgurante clarté vous vrillait le cerveau et vous cessiez de voir pendant plusieurs minutes. Nous avions d'ailleurs été entraînés à ne tirer que lorsque l'adversaire ouvrait les yeux, et s'il se refusait à les ouvrir on en profitait pour le matraquer.

De toutes façons le résultat était le même : yeux ouverts et donc aveuglés, ou yeux fermés et donc aveugles, ils étaient condamnés à la matraque... en attendant le reste.

Galil me regardait, tranquille, et ma surprise fit place à de la colère. Je glissai dans son étui l'aveugleur inefficace et je saisis la matraque : du bois entouré de cuir. Un seul coup assommait net un homme.

Il devina que j'allais bondir. Il se leva, renversant son siège, et recula précipitamment de deux ou trois pas. Pourquoi ? Parce qu'il supposait que j'allais cesser de le voir.

L'imbécile ! Ignorait-il que, par un long et patient entraînement, beaucoup de Noirs voient à deux ou trois Vues — pendant peu de temps certes, mais cela leur est possible.

Moi, même avec mes lunettes, je n'avais jamais cessé de voir à trois Vues. Je sentis que mes lèvres se tordaient en un rictus et je fonçai, matraque au poing. Il ne souriait plus ! Je devinais de l'anxiété dans son regard.

Très vite, il dit :

— Dépêche-toi, Gaëlle...

D'un coup, je me retournai. La jeune femme qui m'avait accueilli était là, sur le seuil. Elle tenait à la main une arme qui ressemblait beaucoup à celles que les livres d'autrefois nomment « pistolets » (nous en avons quelques-uns dans les musées) et avec lesquelles on projetait à des dizaines de Vues des « balles » qui, à en croire les Ancêtres, provoquaient d'effroyables blessures.

Ces armes-là sont inutiles chez nous : elles ne sont valables qu'à grande distance. D'ailleurs, c'est là une Légende comme tant d'autres. Personne n'a jamais retrouvé de telles « balles » efficaces. Celles que l'on a classées dans les Musées n'ont jamais consenti à « exploser » ou à quitter le « canon » du « pistolet ».

Encore une chose sur laquelle j'insiste : il est très difficile d'utiliser la Science des Ancêtres, car dans leurs livres ils mélangeaient la Vérité et l'Imagination, si bien que l'on ne sait jamais s'ils étaient sérieux ou s'ils plaisantaient.

Donc, la jeune Gaëlle braquait sur moi cette arme inoffensive. Logiquement, j'aurais dû bondir sur elle et la matraquer. Mais on avait eu beau me truffer la tête des Enseignements réservés aux Officiers des Noirs, un instinct demeurait en moi, plus fort que tout : ne pas abîmer ce qui est beau.

Et Gaëlle était belle. Divinement. Au point que je me reprochais de l'avoir bousculée en entrant.

— Tire ! piailla Galil. Il veut nous éteindre.

Je me mis à rire et, sans crainte, je tournai le dos à la jeune femme.

— Pour vous, c'est sûr, dis-je. Mais si vous croyez que...

Puis je me tus, figé. Quelque chose venait de se planter dans mon cou (plus tard j'appris que c'était une minuscule fléchette) et non seulement je ne pouvais plus parler, mais aucun de mes muscles ne m'obéissait.

Mes jambes s'amollirent et je m'écroulai sur le parquet.

*
* *

C'était une sensation très désagréable, que j'éprouvais pour la première fois : celle de la paralysie totale. Mon cœur continuait à battre, mes poumons fonctionnaient normalement, mais je ne pouvais même pas battre des paupières.

Comme j'étais couché sur le dos, je les voyais tous les deux (et je remarquai que Galil, qui s'approchait de moi, portait un costume bleu du plus heureux effet.) Gaëlle avait toujours son pantalon gris et son tricot marron.

Puis tout à coup, avant qu'ils aient parlé, je me dis que, *puisque je voyais les couleurs,* j'avais perdu mes lunettes ! Pas de doute : avec elles (elles étaient conçues dans ce but) je ne voyais pas mieux qu'un Trois Vues.

A ce moment Galil arriva près de moi, sans l'ombre d'un sourire, et grommela :

— Qu'est-ce que nous allons en faire ?

Gaëlle cria à voix basse :

— Sa paralysie aura disparu dans quelques minutes ! Il est certainement envoyé par le Général Délégué... ou par Josiah ! Oncle, fuyons jusqu'au refuge !

Il hochait la tête. Rêveur, il fit :

— C'est tout de même surprenant qu'il soit seul ! Si Josiah s'était décidé à m'éteindre, il aurait envoyé tout un groupe. Bien qu'il ne sache pas grand-chose de mes expériences, il n'ignore pas qu'un seul Noir, fut-il Officier, ne peut rien contre moi.

Puis il dut apercevoir mes lunettes, car il se pencha, les ramassa. Toujours pensif, il les posa sur son nez et sifflota. Après quelques secondes il les tendit à sa nièce :

— Essaie-les.

Elle obéit.

— Mais... murmura-t-elle, effrayée. Mais...

— N'est-ce pas ? fit-il.

Que voulaient-ils dire ? Je ne pouvais bouger, mais mon cerveau travaillait... et à quelle vitesse ! Si je n'avais pas porté le casque des Noirs, la pièce en eût été tout éclairée !

— Avec ces lunettes, on ne voit pas au-delà de trois Vues, fit Galil. Pour quelle raison porte-t-on des lunettes de ce genre ? Si l'on possède une vision normale, c'est-à-dire une Vue, on n'en a pas besoin. Et si...

Je n'écoutais plus ses déductions. J'avais enregistré : *« Avec ces lunettes, on ne voit pas au-delà de trois Vues ». Donc, sans lunettes, il voyait plus loin, et Gaëlle aussi.*

Je n'étais pas le seul ! Je comprenais pourquoi les fleurs dans les massifs étaient ordonnées avec goût selon leurs couleurs. Quand Galil ou sa nièce portaient mes lunettes, ils ne voyaient qu'à trois Vues... Ce qui supposait que, normalement, leur vision était semblable à la mienne !

Quel bouleversement en moi ! Debout, et non paralysé, j'eusse demandé : « Comment est-ce possible ? » avec plus de surprise que de colère.

— A-t-il reçu le traitement ? demanda Galil.

Gaëlle s'agenouilla près de moi, étudia mes yeux, se releva.

— Non. Pas la moindre trace.

Il s'assit, stupéfait.

— Une seule explication : une mutation naturelle. Il n'y avait qu'une chance sur des milliards pour qu'une telle chose se produisît... Et voilà le résultat, là, devant nous !

Je ne voyais plus Gaëlle qui s'était placée derrière moi, mais je l'entendais.

— Il comprend tout ce que nous disons, n'est-ce pas ? demanda-t-elle.

— Oui, c'est certain.

— Oncle, essaie de lui exposer nos buts...

— Il ne comprendra pas, grommela-t-il en secouant la tête. Si tu savais à quel point on déforme leur esprit dans les Ecoles de Noirs !

— N'importe ! Essaie. Que risquons-nous ?

— Rien, en effet. D'ailleurs...

Il prit sa décision presque aussitôt. C'était donc un homme digne d'être écouté. Dans l'état où je me trouvais, j'aurais pu penser à autre chose, fermer mon esprit de façon à ce que ses paroles n'éveillent en moi aucune résonance. Mais non. J'écoutais avec attention, moi, Micaël le Fort, l'ambitieux, bien que cet homme et cette femme fussent des rebelles.

J'écoutais, mais j'étais prêt à les éteindre dès que cela me serait possible. Eux n'avaient pas osé me tuer. Tous les Humains sont ainsi, et c'est ce qui fait la force des Noirs : quand il s'agit de supprimer un des leurs, ils n'osent pas.

Or les sensibles n'ont pas leur place sur notre monde.

CHAPITRE 3

Ce qu'il exposait éveillait dans mon esprit de très vivaces souvenirs, et pourtant il n'avait pu le prévoir puisqu'il ignorait tout de moi.

Il parlait de la façon dont vivaient les gens. De leur dénuement, de leur détresse. Je connaissais ! Jamais je n'avais été si bien nourri, si chaudement vêtu qu'à l'Ecole des Noirs. Mon père et moi, chez nous, mangions ce que nous pouvions... et parfois c'était le jeûne. Il en pleurait presque, papa. Il en avait les larmes aux yeux.

Puis Galil enchaînait sur « les responsables de cette situation ». Ce monde d'aveugles avait à sa tête des chefs qui voyaient... un peu mieux que les autres. Le Général-Délégué, par exemple, apercevait un arbre à douze Vues. Josiah, le Chef d'Etat-Major, aussi.

C'étaient à peu près les seuls (du moins connus !) qui, en principe, eussent pu conduire avec prudence un engin des Ancêtres. Ils ne le faisaient pas, évidemment, car c'eût été folie sur nos sentiers. Autrefois, dit-on, l'homme avait créé de larges routes bien entretenues. Mais les Humains, désormais, ne se déplaçaient plus qu'avec leurs jambes, leurs yeux ne leur permettant pas de conduire des véhicules. Les seuls que nous utilisions étaient tirés à bras l'homme. On avait parfois tenté d'utiliser des animaux... Mais allez donc vous emparer de l'un d'eux ! Ils vous voient à cent Vues, peut-être à mille, et s'enfuient.

Et c'est pourquoi la viande est chez nous un mets des dieux, due aux pièges que tendent certains fournisseurs autorisés. On peut acheter un chien (mort bien sûr) pour cinq dols, mais avec cinq dols on a cinquante kilogs de pommes de terre ! Ne parlons pas du gibier plus gros. Je vois parfois, quand j'ôte mes lunettes, galoper dans la campagne des taureaux, des chevaux, des moutons... Proies sauvages et inaccessibles sauf chance extraordinaire.

... Où en étais-je ? Oui, Galil me parlait. Ce monde d'aveugles avait des chefs qui ne pensaient qu'à une chose : conserver le Pouvoir, et surtout que rien ne change... parce qu'ils en bénéficiaient. Oh, ça, je le savais, il n'avait pas besoin de le dire ! Et je trouvais ça tout à fait naturel.

Quand on a atteint un certain niveau, n'est-ce pas ?... On se bagarre à mort pour le conserver. Et d'ailleurs, on se bagarre à mort pour y accéder — à mort pour les autres bien sûr. On n'est pas fous, nous les ambitieux.

Mais ce n'était pas l'avis de Galil. Il pensait que les Chefs devaient consacrer leur existence au bien des autres. Si j'avais pu, j'aurais ri. il n'avait donc jamais lu les Légendes d'autrefois ? Jamais aucun Chef ne s'est préoccupé du « Bien des autres ». Parfois, explique-t-on, ils pensaient au « Bien de leur pays ». Et pas pour assurer celui des Humains, au contraire ! Des guerres, des guerres... Les Légendes sont faites de ça, presque uniquement. Des guerres pour le « prestige du pays ». Et au cours desquelles mourraient des millions d'Humains. Je me demande d'ailleurs d'où ils les sortaient, ces millions d'Humains. A ma connaissance, nous sommes quelques milliers, c'est tout. Aussi, quand à l'Ecole des Noirs j'ai étudié tout ça, ma conviction s'est établie : notre civilisation vaut bien mieux que celle d'autrefois. Depuis la Grande Catastrophe, nous n'avons jamais eu de « guerre ». Oh, certes, le Délégué-Général a parfois la main lourde, et condamne dix déviationnistes. Qu'est-ce à coté des millions de morts d'autrefois ?

Il continuait à parler du « bien des autres », Galil. Mais qu'est-ce que c'est que « faire le bien » ? Le « bien » d'un gars tel que mon père, qu'est-ce que c'était ? Il n'en avait même pas conscience lui-même. On lui aurait dit « Tu vas avoir double ration », il était capable de grommeler : « Que voulez-vous que j'en fasse ? Ce que j'ai me suffit ». Ce qu'il possédait lui suffisait toujours.

Seule chose dont il avait envie parce qu'il l'avait vue chez un voisin (on a toujours envie de ce qu'on voit chez le voisin) : un dispositif qui permettait de régénérer pour quelque temps les piles de la télé. Les piles, c'est fou ce qu'on a du mal à se les procurer. Faut être là quand le gars chargé de l'attribution passe devant la porte avec la carriole... Et encore il vend souvent des trucs périmés qui ne marchent que pendant huit ou quinze jours.

Bon, soit. Mon père, il aurait été plus qu'heureux si on lui avait fourni une pile pour la télé tous les mois, et un morceau de viande par semaine. C'était ça, son bonheur, parce qu'il n'était pas ambitieux. Il en faut, des comme ça — sans quoi il n'y aurait pas de colonels, ni de Général-Délégué, ni même de Noirs.

Il pensait aussi, Galil, et c'était son Idée-base, que seule la Science pouvait modifier dans le bon sens cet état de choses. Pour cela, il fallait placer à la tête de l'humanité des gens « scientifiquement qualifiés » — des Scientistes —. Et ces gens-là, il les connaissait. Il était l'un d'entre eux, bien entendu. Ils avaient même formé un Gouvernement pour remplacer le Général-Délégué, et ils avaient un « Programme ».

Alors là, en moi-même, je ricanais. Parce qu'à l'Ecole des Noirs (militaire, n'est-ce pas ?) nous étions dirigés uniquement par des militaires. Et j'avais vu ce que ça peut donner. La grande pagaille. Une sorte de Directoire de technocrates qui, parce qu'ils venaient du Passé, croyaient contraindre l'Avenir à l'obéissance.

Galil parlait, parlait... Puis il se tut, tout net, parce que l'effet de la paralysie se dissipait et que je m'asseyais, faible encore comme un gosse. L'air soucieux, il murmura :

— Vous m'avez entendu, n'est-ce pas ?

— Oui.

— Mais... m'avez-vous compris ?

— Je ne suis pas un imbécile ! fis-je avec impatience.

Il se tourna vers sa nièce. Assis sur le parquet, je vis qu'elle tenait encore en main l'engin qui m'avait foudroyé. Je secouai la tête :

— Inutile. Je n'ai plus aucune intention agressive.

J'essayai de me lever, ne pus y parvenir.

— Attendez encore pendant quelques minutes, dit-elle avec douceur. Cette forme de paralysie ne cesse pas d'un coup.

Galil me dévisageait avec intérêt.

— Voulez-vous vos lunettes ? demanda-t-il.

— Tout à l'heure.

Un sourire pensif rôdait sur ses lèvres minces.

— La ruse est belle, fit-il. Tant que vous portez ces verres, vous ne risquez pas de vous trahir. Il faudra que nous y pensions. Est-ce vous qui l'avez imaginée ?

— En un sens, oui.

— Comment cela ?

— Eh bien, c'est vers treize ans que ma vision s'est modifiée. J'ai vu de plus en plus loin... mais j'avais très souvent entendu parler de la façon dont les Noirs traitent ceux qui voient plus loin qu'eux ! J'ai dit à mon père que j'avais les yeux très fatigués. Il m'a conduit chez un spécialiste... Celui de l'usine où il travaille. Là, c'était gratuit... mais ce ne sont pas les meilleurs oculistes ! J'ai joué la comédie. Le gars, à bout de connaissances, a essayé divers verres teintés. Avec ceux-là, j'ai constaté que je ne voyais guère mieux que mes jeunes copains. Alors... j'ai dit que c'était parfait. Il ne s'est jamais douté de la vérité.

Il étudiait mes lunettes avec attention, et soupirait.

— Je ne connais rien à ce genre de choses, avoua-t-il. Pourtant, il serait très intéressant pour nous de connaître la composition de ce verre spécial. Cela nous rendrait service, *pour tous ceux qui ont retrouvé leur vision normale*. Je tâcherai d'alerter un de nos amis...

Cette fois, je me levais, un peu chancelant.

— Vous m'avertirez, dis-je. Je viendrai afin qu'il puisse étudier mes lunettes.

*
* *

Comme je le lui avais affirmé, je n'avais plus aucune intention agressive... dans l'immédiat. Ce que sous-entendaient ses propos était beaucoup trop intéressant pour que j'envisage de l'éteindre. Du moins... *pas avant de tout savoir !*

Ce n'étaient pas mes galons de capitaine qu'il allait m'apporter « sur un plat d'argent » (comme disent les Légendes) mais ceux de commandant... ou mieux encore !

Pour un ambitieux forcené comme je l'étais alors, cette chance était inespérée ! Avec un peu de patience, j'apprendrais ce que préparait Galil... et les noms des conspirateurs. .. et leurs moyens d'action...

Après quoi, j'avertirais le Général-Délégué. Pas Josiah, le Chef d'Etat-Major ! Surtout pas lui ! Car Josiah est aussi ambitieux que moi et toute sa vie est axée vers un but : remplacer le Général-Délégué. Il y a longtemps que je l'ai compris ! Or, si je permets que le Général-Délégué actuel (qui est vieux, il a près de soixante ans !) soit remplacé par Josiah, qui est jeune, je n'ai plus aucune chance d'accéder au Pouvoir suprême avant que mes genoux ne se mettent à grincer.

— Vous reviendrez seul, n'est-ce pas ? demanda Galil attentif. Sans alerter vos supérieurs ?

Puis, avant que j'aie répondu, il se mit à rire et ajouta :

— Bien entendu ! Vous ne pouvez alerter personne !

— Tiens ? Pourquoi donc ?

— Parce que, fit-il soudain très sérieux, si vous vous amusiez à ce petit jeu, Gaëlle et moi, ou d'autres, pourraient faire connaître à vos chefs que vous jouez la comédie depuis des années, que vous n'avez nul besoin de vos lunettes, et que vos yeux sont exceptionnels. Je crois que le colonel Josiah n'aimerait pas ça. Il verrait en vous un rival.

J'affectais de me nettoyer les ongles avec une petite lime, la tête basse.

— Que vient faire Josiah là-dedans ?

Il fit claquer sa langue, impatienté.

— Ne prétendez pas ignorer l'ambition de Josiah ! Tout le monde le sait ! Il veut la place du Général-Délégué actuel... qui, très malade, n'en a guère que pour quelques années. Or, un Officier des Noirs, même tout jeune, mais bénéficiant des yeux que vous avez, pourrait lui barrer la route. S'il l'apprend, vous êtes perdu. Conservez-vous quelques illusions ?

Evidemment. J'étais pris au piège. Il avait mille fois raison. Si Josiah apprenait que je voyais dix ou cent fois mieux que lui, il me ferait éteindre. Sans hésiter. Qu'étais-je pour lui sinon un petit lieutenant à peine sorti de l'Ecole ?

J'avais fermé les yeux à demi et, d'instinct, ma main glissait vers ma ceinture. Je pouvais éteindre Galil. Oui, mais il y avait aussi sa nièce. Et tout de suite je sus que je ne me résoudrais pas à l'éteindre, elle. Trop belle. Je ne peux pas abîmer ce qui est beau. Plus fort que moi. Je sais que ça me portera tort dans ma carrière, mais je ne peux pas. Ce qui me paraît beau est sacré.

— C'est du chantage, fis-je, la gorge sèche.

Il haussait les épaules, très calme, sûr de lui.

— Lieutenant Micaël, je n'ignore pas que dans les Ecoles de Noirs on vous inculque un faux sens de l'honneur très différent de celui d'un homme tel que moi.

Cette affirmation me fouetta (je sortais à peine de l'Ecole !).

— Qu'entendez-vous par là ?

— Qu'à la base de ce sens déformé, il y a presque uniquement l'esprit de corps. Trahir l'un des vôtres vous apparaît comme une monstruosité. Me trahir, moi, vous semblerait naturel dès l'instant où cela favoriserait vos chefs. Mon honneur n'est pas sélectif. Votre conception est beaucoup trop compliquée pour moi, aussi, sans menace mais fermement, je vous rappelle que, si vous me tenez, je vous tiens.

J'allais protester, mais il me coupa la parole en levant la main.

— D'ailleurs, reprit-il, je ne vous demande rien... et je vous offre beaucoup !

— Ah bah ?

— Ecoutez-moi sans irritation. Les Noirs sont tous des sadiques ou des ambitieux. Tous. Le simple fait que vous êtes tous des volontaires le prouve. Car dans le monde où nous vivons il n'y a aucune place pour les actions d'éclat. Or vous n'êtes pas un sadique. Donc l'ambition vous ronge, et c'est normal, vos facultés exceptionnelles vous permettant d'aspirer aux plus hautes fonctions. Je vous le répète, c'est normal.

Du bla-bla-bla...

— Mais avez-vous parfois envisagé que l'avancement est très lent chez les Noirs... sauf services exceptionnels-rendus aux Chefs ?

— J'y ai pensé parfois, affirmai-je avec une ironie toute intérieure.

— Ne devinez-vous pas où je veux en venir ?

— Pas du tout.

C'est Gaëlle qui prit la parole, et je m'efforçai de ne pas me tourner vers elle.

— Lieutenant Micaël, mon oncle vous a expliqué ce

que nous voulons tenter : prendre le Pouvoir afin d'améliorer les conditions d'existence de tous. Nous avons tout évalué, tout pesé. Notre conclusion : nous n'arriverons à rien tant que les Noirs, qui constituent la seule force organisée, seront contre nous. Or, très fortement hiérarchisés, fascinés par ce qu'on leur apprend à l'Ecole, ils obéissent passivement aux ordres du Général-Délégué et du Chef d'Etat-Major. Si donc nous rencontrions un Officier Noir conquis à nos idées, il aurait de grandes chances de bénéficier d'un avancement ultra-rapide... peut-être jusqu'au poste de Chef d'Etat-Major.

Cette fois, j'écoutais avec beaucoup, beaucoup d'attention. Et Gaëlle dut voir la flamme que je ne pouvais dissimuler dans mon regard, car j'avais fini par me tourner vers elle. Elle ajouta avec une indifférence affectée :

— Mon oncle vous expliquera comment est décidé l'avancement « au choix ».

Galil reprit la parole :

— L'avancement est décidé par le Général-Délégué, d'après une liste que lui soumet la « *runte* » des colonels. J'en fais partie, lieutenant Micaël. Et j'y ai des amis. Beaucoup d'amis... mais ce ne sont pas des Noirs. N'importe : nous y avons beaucoup d'influence.

Il chaussa mes lunettes sur son nez, hocha la tête. Façon peu discrète de me rappeler que j'étais à sa merci.

— ... Et le colonel Josiah n'assiste pas à ces réunions. La loi est fort bien faite : ses pouvoirs seraient exorbitants s'il pouvait placer uniquement ses créatures à tous les échelons de la hiérarchie.

Mes lunettes se balançaient. Il les tenait par une extrémité de la monture, entre le pouce et l'index.

— Qu'en pensez-vous ? demanda-t-il enfin.

Je m'essuyais le front. Qui sait ? Peut-être irais-je beaucoup plus vite *avec lui* que *contre lui.* De toutes façons, il serait toujours temps de me dégager... à la condition de suivre le plan qui, déjà, se dessinait dans mon esprit !

— C'est d'accord, fis-je.

— Sur votre honneur d'Officier Noir ?

Je ricanai, amer :

— Vous n'êtes pas logique : vous me demandez un serment sur ce que je vais trahir.

Il n'insista pas.

— Quand pouvez-vous revenir ?

— Demain, même heure, je suppose.

Il me tendit mes lunettes. Je les mis. Quand je passai près de Gaëlle, je lui demandai doucement :

— Est-ce vous qui avez rangé les fleurs par couleurs dans les massifs ?

Elle eut un sourire de plaisir :

— Ainsi, vous différenciez les couleurs ? Oui, c'est moi.

— C'est très joli.

Personne n'avait pu le lui dire, sinon peut-être son oncle. Je sortis. L'air était tiède, parfumé. Je n'avais que joie au cœur. De toutes façons, je serais capitaine avant un an. Ensuite, ma foi, on aviserait !

Tant pis pour Galil... ou tant pis pour Josiah. Quand vous sentez que vous êtes gagnant d'un côté et de l'autre, vous n'avez que joie au cœur.

Plus que ce que cherchait Galil, c'était peut-être ça, le bonheur, me disais-je : la certitude de la victoire.

Comme j'étais jeune !

CHAPITRE 4

Le colonel Josiah me fit appeler. Bien sûr, comme tous ceux qui sortent de l'Ecole des Noirs, je l'avais déjà vu, mais jamais en tête-à-tête.

Ce n'était pas un homme antipathique, loin de là. Il eût beaucoup gagné à porter des lunettes, comme moi, car son regard aigu démentait la douceur de ses traits. De toutes façons, comme l'avait dit Galil, tout le monde connaissait son ambition inavouée: remplacer le Général-Délégué.

Dès mon entrée dans son bureau, je claquai des talons, me mis au garde-à-vous et annonçai :

— Lieutenant Micaël, matricule...

Il me coupa la parole, très aimable :

— Repos ! ordonna-t-il.

Il avait remarqué que je m'étais présenté avant même de faire deux pas, et cela lui avait plu. Un homme qui, officiellement, voit à dix Vues, aime que cela se sache et que l'on en tienne compte.

— Approchez, demanda-t-il.

J'obéis. La salle était spacieuse : au moins vingt pas de long sur douze à quinze de large. Josiah était assis au centre, derrière une grande table chargée de paperasses. (Oui, même chez les Noirs, ça existe, la paperasserie). Et je devinais pourquoi la salle était spacieuse : en principe nul ne pouvait surprendre Josiah puisqu'il voyait, lui, jusqu'aux portes, alors que ceux qui entraient devaient s'approcher de lui avant de l'apercevoir.

A trois pas de la table, je me figeai de nouveau. Il m'observa longuement, coude sur la table, menton dans la main, puis il hocha la tête.

— Ainsi, Micaël, dit-il tranquillement, le rapport qui vous concerne est exact. Vous m'avez vu dès que vous êtes entré. Vos yeux sont semblables aux miens et je ne suis pas une exception comme je le croyais.

La conversation s'engageait mal. Josiah était très fier de sa vision exceptionnelle. Seul le Général-Délégué voyait plus loin que lui... ou du moins avait vu plus loin autrefois car, d'après les bruits qui couraient, il avait beaucoup décliné.

La situation était donc celle-ci : Josiah, comme ses fonctions le lui ordonnaient, avait lu les rapports concernant les nouveaux officiers sortis récemment de l'Ecole. Il n'avait pas pu ne pas remarquer mon dossier.

Un certain lieutenant Micaël, un Dix Vues, qui peut dérayer pendant plus d'une heure s'il le faut ! (Nul n'avait jamais imaginé que, lorsqu'on m'ordonnait de cesser, je continuais tout de même... en partie... sans quoi on m'eût éteint.)

Donc Josiah me dit, en continuant à m'étudier avec son regard pointu :

— Vos yeux sont semblables aux miens.

Et moi je répondis en soupirant :
— Tant que je porte mes lunettes, oui...

... C'est tout. Un mot de plus aurait pu ouvrir la porte à des soupçons. Mais ma phrase l'a touché car son visage, qui se fermait, s'éclaire. Il attire vers lui mon dossier (deux feuilles, et c'est beaucoup d'honneur car d'habitude cinq à dix lignes suffisent). Il jette un coup d'œil... un autre... Quelque chose le gêne, c'est évident.

— Dans chaque promotion qui sort de l'Ecole, Micaël, je découvre toujours un ou deux jeunes officiers qui se détachent de la masse. Je m'arrange pour que leur carrière soit rapide. Or, depuis plus de douze ans que je suis Chef d'Etat-Major, je n'ai jamais rencontré un seul dossier comparable au vôtre.

Il me regarde fixement. Il attend une réponse.

— Ma vision exceptionnelle ? dis-je avec tranquillité... Les spécialistes me l'ont longuement expliquée. Ma rétine est d'une telle sensibilité que, sans lunettes, la moindre lumière m'aveugle.

— Mais vous voyez alors beaucoup plus loin ?

Je réussis un sourire presque gamin :

— Dans la nuit absolue, même des yeux tels que les vôtres ne voient rien, n'est-ce pas ? fais-je. Les miens pas davantage. Et dès que j'ôte mes lunettes, la moindre lueur qui jaillit m'aveugle presque complètement. Dans ces conditions, sans mes verres ma vision est à peu près normale.

Il sifflote un peu, relit quelques lignes sur le rapport. Dire que je redoutais ce premier entretien ! Il se laisse prendre, comme les autres, à la comédie que je joue depuis des années pour sauver ma peau. Nul ne doit savoir que mes yeux sont supérieurs aux siens... et à ceux du Général-Délégué. Ils m'éteindraient !

— Mais de jour, reprend-il, quand vous ôtez vos lunettes ?

D'un élan, je les retire, je claque les talons et je le regarde en clignant des paupières. D'instinct, comme toujours, j'étudie les couleurs... Pour lui, rien à dire : il porte l'uniforme classique, c'est-à-dire qu'il est vêtu de noir.

Ce qui me saute aux yeux tout de suite, par contre, ce sont les dossiers éparpillés sur la table. Chacun d'eux est sous une chemise de carton mince — or ces chemises sont de couleurs différentes. Hasard ? Choix délibéré ? Je l'ignore, mais je note en moi-même : « Il est possible que Josiah discerne les couleurs ».

Je tiens mes lunettes à la main et il me tend le piège classique :

— Asseyez-vous... Nous avons à parler assez longuement.

Sa main esquisse un geste vers ma gauche. Oh, il faut avoir l'esprit agile pour prendre une décision en une fraction de seconde ! A ma gauche, il n'y a pas le moindre siège. A ma droite, il y a une chaise contre le mur, à près de dix pas. Comme je suis classé « Dix Vues », je devrais sourire et répondre tranquillement :

— La chaise est de l'autre côté...

Oui, mais... je ne porte plus mes lunettes. Le problème est là. Sans elles, le rapport est formel, je ne vois guère mieux qu'un humain banal.

Si je vais du côté qu'il m'indique, je me déconsidère en lui prouvant... que malgré ma vision exceptionnelle, je sui un handicapé physique. Si par contre je vais jusqu'à la chaise, sans lunettes, ça lui prouve que je vois aussi bien sans elles qu'avec elles. Cruel dilemne, disaient les Ancêtres.

Impossible d'hésiter. Je vais vers la chaise, sans tâtonner, et la ramène devant la table et je m'assieds.

— Bravo ! dit-il, simplement.

Je lui souris.

— Le rapport ne fait pas, et ne peut faire mention d'une particularité à laquelle personne n'a prêté d'importance. Pendant des mois, pour étudier mon comportement, on m'a contraint à vivre tantôt avec mes lunettes, tantôt sans elles. C'est-à-dire que pratiquement, pendant de longues minutes je ne voyais plus rien, ma rétine étant éblouie... un peu comme sous l'effet des aveuglants. Alors... Eh bien, peu à peu je me suis accoutumé, et j'ai eu les réactions des aveugles. Quand je suis entré ici (avec mes lunettes) j'ai vu la chaise. Et l'image s'en est fixée dans mon esprit, si bien que, tout naturellement, je suis allé la chercher quand vous m'avez ordonné de m'asseoir.

Pensif, il me dévisage de nouveau :

— Si je comprends bien, vous avez développé au maximum votre mémoire visuelle ?

— C'est cela.

Nouvelle rêverie. Puis, doucement :

— Je crois que, comme votre dossier me le suggérait, vous êtes l'officier qu'il me faut.

— A vos ordres.

Il secoue la tête et grogne :

— « A vos ordres ! » Seriez-vous stupide ? Le rapport se tromperait-il ? « A vos ordres » ! Voilà ce qu'on vous a inculqué à l'Ecole. Bon pour les autres, oui, certes. Pas pour un sujet exceptionnel tel que vous. Non.

Je glisse mes lunettes sur mon nez : où diable veut-il en venir ?

— Mon colonel...

— Non !

Sa langue claque, impatiente.

— Pas quand nous sommes seuls, bougonne-t-il. Je vous parle d'homme à homme. Micaël, vous êtes mon égal, et les galons n'y changent rien. Vos yeux sont aussi bons que les miens. Voilà longtemps que je cherche un officier tel que vous, capable de me remplacer.

Dit-il vrai ? Est-ce un piège ? Toujours en moi cette terreur du piège... Se doute-t-il de la vérité c'est-à-dire que ma Lumière, quand je cesse vraiment de dérayer, est bien supérieure à la sienne — que j'ai vue dans certaines cérémonies officielles, lorsqu'il ôte son casque ?

A moins qu'il ne déraie encore, lui aussi... pour ne pas être éteint par le Général-Délégué ! Comme tout cela est compliqué !

— Eh bien, reprend-il avec impatience. Me serais-je trompé ? N'auriez-vous aucune ambition ? Il y a deux sortes de Noirs : les stupides et les ambitieux. Dois-je vous classer dans la première catégorie ?

Galil avait dit : « les sadiques et les ambitieux ». Ce léger détail mis à part, il semble que Josiah, comme Galil, me veut beaucoup de bien...

— Vous comprenez ma surprise, fais-je à voix basse.

— Si vous avez conscience de ce que vous valez, mon offre ne doit pas vous surprendre. Si je me suis trompé sur votre compte, c'est-à-dire si vous n'êtes pas prêt à tout pour vous hisser à ma place, dites-le. Je ne vous en tiendrai nulle rigueur.

Il grogne :

— Et j'attendrai que le hasard m'en envoie un autre

tel que vous... tel que moi. Le malheur, c'est qu'il n'y en a guère qu'un par génération.

J'essaie de ne pas le regarder. Se moque-t-il ? Joue-t-il avec le débutant que je suis ? N'est-ce pas là une façon d'apprendre exactement ce que je pense ? Alors, que répondre ? J'ai presque la certitude qu'il essaie de juger mes réactions.

Mais pas question de lui livrer le fond de ma pensée !

J'avance un peu ma chaise, de façon à m'accouder sur la table devant lui.

— Soyons francs l'un et l'autre, dis-je. Il m'est impossible de savoir si vous pensez vraiment que, l'expérience mise à part, je vous vaux. Peut-être allez-vous me casser de mon grade, cela n'empêche pas que moi, je le sais : je vous vaux. De là à m'offrir de sauter d'un bond tous les échelons de la hiérarchie, il y a loin ! C'est pourquoi je ne parviens pas à prendre vos paroles au sérieux, et je crains qu'il ne s'agisse que d'une épreuve.

Du bout des doigts, il pianote sur la table. Puis il ferme les yeux.

— Micaël, j'ai besoin de votre aide, j'en ai vraiment besoin. Ne pouvez-vous, par imagination en attendant mieux, tenter de vous mettre à ma place ? Depuis des années et des années j'attends un être capable de me remplacer... par ses capacités physiques et intellectuelles. Vous êtes le premier que je découvre. Vous êtes ma seule chance.

Tant pis. Je risque le coup :

— Votre seule chance de remplacer le Général-Délégué ?

— Oui, répond-il tout net. Le Général-Délégué est très malade. Et cela grouille parmi les colonels pour recueillir la succession.

— Vous avez tous les Noirs pour vous ! dis-je en haussant les épaules.

Il ouvre les yeux, me regarde longuement.

— On n'apprend pas ces choses à l'Ecole, Micaël, mais il importe que vous les connaissiez. Jamais aucun chef d'Etat-Major n'a été Général-Délégué. C'est devenu une tradition. Et personne ne respecte les traditions comme les Noirs. Si je tentais de conquérir le pouvoir en m'appuyant sur eux, ils refuseraient d'obéir. Je serais déchu en moins de temps qu'il ne m'en aurait fallu pour m'installer dans le fauteuil du Général-Délégué.

— Ah bah !

— Mais oui, Micaël. Ils ont beaucoup d'estime pour moi... tant que je ne bouleverse pas les traditions. Voilà bien longtemps que je calcule, que j'étudie mes possibilités. Il n'existe qu'un moyen pour devenir Général-Délégué : être élu par la *runte* des colonels.

J'ai saisi entre mes doigts un crayon et je m'amuse à le manipuler sans regarder Josiah. Faut-il qu'il soit désemparé ! Car je n'en doute plus, il est sincère. Le Général-Délégué n'en a que pour peu de temps... et Josiah n'est pas prêt !

Je murmure :

— Vous êtes colonel, Josiah !

Il frappe du poing sur la table :

— Je ne fais pas partie de la *runte* ! C'est interdit au Chef des Noirs... Encore une tradition !

— Mais vous pouvez vous y faire des appuis...

Sa voix s'adoucit :

— Micaël, j'ai une passion : l'histoire des Ancêtres. Cela semble ridicule, n'est-ce pas ? Mais je crois que chacun de nous, quand son ambition est presque satisfaite, cherche un dérivatif. Voilà bien, bien longtemps, les légendes l'affirment, un homme, que l'on nommait «le Pape» disposait de pouvoirs spirituels... et temporels... très étendus. Il était élu par une Assemblée: le Conclave. Or, après quelques exceptions au début, une coutume s'est établie: l'élu devait faire partie de ce Conclave. Et je n'appartiens pas à la *runte* des colonels. Comprenez-vous ?

— A merveille. Eh bien, il faut en faire partie.

— Pour cela, je dois abandonner l'Etat-Major des Noirs.

— Je vois.

— Et je ne veux pas livrer cette direction à n'importe qui. Je veux quelqu'un qui me soutienne, qui m'appuie.

Il est devenu fou, pas de doute! Imagine-t-il qu'un Officier hissé sur ce piédestal ne tentera pas lui-même de...

— Micaël, c'est vous qui l'avez dit, soyons francs. Vous êtes trop jeune, beaucoup trop jeune pour être Général-Délégué. Je vous offre le marchepied... parce que vous êtes ce que j'étais à votre âge... il y a près de vingt-cinq ans. Vous attendrez comme j'ai attendu... Et ensuite, quand vous aurez l'expérience voulue... et les appuis voulus...vous prendrez ma place.

«L'expérience voulue»! Toujours la même rengaine. L'expérience est valable dans le combat, dans la bagarre... Pour le reste, elle ne sert qu'à freiner les réactions, précisément parce qu'en vieillissant on devient prudent, un peu trop parfois, et qu'on a peur d'être vaincu. Celui qui hésite a perdu d'avance... et l'Expérience, c'est ça : l'hésitation.

Je ne réponds rien. Je regarde Josiah bien en face. Il se met soudain à me tutoyer :

— Micaël, je ne suis pas un de ces imbéciles de

spécialistes qui ont examiné tes yeux. Je sais fort bien pourquoi tu portes des lunettes. Et je n'ignore pas que tu n'as jamais montré ta vraie Lumière, que tu ne cesses jamais de dérayer... sauf lorsque tu portes le casque des Noirs, si pratique ! Moi aussi, je le porte, Micaël. Ecoute-moi. Quand je suis sorti de l'Ecole, j'ai été convoqué par le Chef d'Etat-Major de cette époque. Son nom ? Peu importe, tu n'étais qu'un bébé. Il m'a dit à peu près ce que je viens de te dire. Et voilà ce que j'en pensais... assurément ce que tu en penses aussi...

Il reprit haleine et, sourire aux lèvres :

— D'abord : *« Toi, tu te moques de moi, tu me tends un piège. Or, à aucun prix tu ne dois apprendre que je vois beaucoup plus loin que toi, et que ma Lumière est plus importante que la tienne »*. Ensuite : *« Et s'il était sincère ? Je pourrais en trois ou quatre ans le remplacer à l'Etat-Major des Noirs ! Mais... si c'est une épreuve ? S'il tente, de cette façon, d'apprendre si... Situation très délicate pour un jeune ambitieux ! D'un côté l'apothéose... De l'autre, la fin de tout espoir »*.

Mes deux mains enserrent ma tête.

— Josiah, dis-je soudain, inutile de continuer. J'accepte. Si je me trompe, je paierai.

Il semble ne pas entendre et continue :

— Peut-être, pensais-je aussi, pourrai-je me servir de lui, m'élever le plus possible pour en définitive le laisser tomber. Et c'est alors qu'il me dit gentiment, tranquillement : *« Josiah, contre moi tu ne peux rien. Mais on t'éteindra le jour où je révèlerai ce que valent tes yeux et ta Lumière, et même si tu es Chef des Noirs. Une seule chose compte pour eux, les traditions. Nul ne doit voir mieux que le Général-Délégué, aucune Lumière ne doit être supérieure à la sienne. »*

Un silence puis, doucement :

— Ce sont des choses qui doivent rester entre nous, n'est-ce pas, Micaël ?

Cette fois, j'ai tout à fait compris.

— Oui, Josiah. Oui, entre nous, tout à fait.

— Le pacte est conclu ?

— Oui.

— Je ne te demande pas ta parole d'officier : nous nous ressemblons trop pour que je perde mon temps.

... Il sait très bien que, si l'occasion se présente sans aucun risque pour moi, je l'éteindrai. Mais il sait aussi que j'ai besoin de lui. Du moins, il le croit... Car, à son époque, il n'y avait pas Galil et ses Scientistes.

*
* *

Soulagé d'un grand poids, détendu, il se lève.

— Eh bien, Micaël, tu admets que je ne puis t'accorder sans raisons un avancement ultra-rapide ? Il faut que tu accomplisses une action d'éclat. Facile. Nous avons un problème : les Scientistes. Tu vas t'en charger. Si, comme je n'en doute pas, tu nous en débarrasses... eh bien, sur ma proposition le Général-Délégué se montrera très, très généreux.

Il me prend décidément pour un imbécile. Il n'a nul besoin du Général-Délégué pour nommer un capitaine ! Sourcils écarquillés, je demande :

— Les Scientistes ? Qu'est-ce que c'est ?

*
* *

... Galil ou lui. Des deux côtés, je suis gagnant.

CHAPITRE 5

On a beau posséder les yeux les plus merveilleux du monde actuel, quand la nuit est très noire on ne voit pas grand-chose. Or, j'avais recommandé à mes Noirs de n'allumer aucune lumière. Ça ne leur aurait servi à rien et cela aurait attiré l'attention de ceux que je voulais surprendre, et parmi lesquels se trouvaient peut-être (du moins je l'espérais) des Scientistes tels que Galil ou Gaëlle, à la vision exceptionnelle.

Je dis « je l'espérais », car je ne pouvais compter sur mes galons de capitaine si je n'apportais pas une affaire « du tonnerre ».

Du côté de Galil et de Gaëlle, aucune inquiétude en moi : je savais qu'ils étaient sagement couchés. Je le savais avec certitude, parce que j'avais passé la soirée chez eux — et que ma soirée s'était terminée dans le lit de Gaëlle. Elle était ma maîtresse depuis huit jours.

En ces temps-là, je l'avoue, je croyais que c'était surtout pour m'enchaîner davantage à son oncle, dans lequel je voyais de plus en plus le chef occulte des Scientistes. *« Noir, joue avec les femmes, mais ne les laisse jamais jouer avec toi »*. J'avais appris cela à l'Ecole, parmi bien d'autres choses !

*
* *

... Donc, nous avancions dans la nuit, mes quinze Noirs et moi. Fait étrange, j'étais beaucoup plus embarrassé qu'eux car, accoutumés à ne voir normalement qu'à une Vue, leurs réflexes s'étaient développés, ils évitaient les obstacles grâce à une sorte de sixième sens, alors que je trébuchais et que je les heurtais dans les ténèbres.

Je finis par retirer mes lunettes. Ça ne changea pas grand-chose, sinon que j'aperçus très loin des lueurs qu'ils ne discernaient pas. C'étaient les maisons de l'Université des Sciences, édifiées autour du bâtiment où les professeurs donnaient des cours et se livraient parfois à des expériences télévisées en circuit fermé.

Souvent, j'ai pensé que la décadence évidente de notre monde (à tous les points de vue, sauf à celui de la Volonté car, d'après ce qu'en disent les Légendes, nos Ancêtres avaient peu à peu négligé cette faculté essentielle) provenait du fait que les meilleurs d'entre nous éprouvaient d'énormes difficultés à transmettre leurs connaissances.

Déjà, j'ai parlé des spécialistes médicaux. Leurs professeurs ne pouvaient les former, du point de vue pratique, qu'un par un, et sur certains malades, puisque leur champ de vision était extrêmement réduit. Aussi nos meilleurs savants souffraient-ils de « trous » dans la connaissance de leur art.

... Mais je m'égare ! J'apercevais donc, loin, des lueurs que ne discernaient pas les Noirs, et qui étaient des fenêtres. Les étudiants et les professeurs ont la manie de se coucher tard. Ils lisent comme j'ai lu, moi aussi.

Et ça sert à quoi, de lire, quand on n'a pas sous les yeux la preuve que tout cela est vrai ? Vérifier la connaissance ! Est-ce possible dans un monde d'aveugles ?

Prenez un élève ingénieur. On lui transmet des formules algébriques (qui proviennent de l'héritage des Ancêtres) et il en conclut que, pour édifier un pont, il faut ceci ou cela... Et il arrive à construire son pont. Mais il ne le verra jamais en entier d'un seul regard ! Et il n'en a jamais vu aucun en entier !

Parfois, j'essaic dc mc mcttrc à la placc dc ccs techniciens, de ces savants. Des techniciens, des savants presque aveugles ! Est-ce pensable ? Et aveugles de naissance !

Ils n'ont aucune idée de l'ensemble des choses qui nous entourent. Aucune. Ils bâtissent peu à peu, au jour le jour. Et grâce aux mathématiques, les murs de l'un n'entrent pas dans les murs de l'autre... Mais c'est tout ce qu'on peut leur demander ! Ils y parviennent parce qu'ils se basent sur l'héritage des Ancêtres qui, eux, *voyaient vraiment.*

Mais eux, de nos jours... Les humains ne savent plus *voir,* même quand ils ont lu de gros livres. Comment le leur faire comprendre, alors qu'ils ne voient pas ce que je vois ?

*
* *

J'apercevais, loin, les lueurs que ne discernaient pas

les Noirs, et qui étaient les fenêtres des étudiants et des professeurs. Je sifflai doucement. Les Noirs sont accoutumés au sifflet au point qu'on peut leur transmettre des ordres sans parler et sans bouger.

Ils s'immobilisèrent. A voix basse, je dis :

— Ce qui nous intéresse, c'est la grande maison, au centre. Je vous guiderai jusqu'à elle parce que j'ai étudié de très près le plan de l'Université.

C'était faux, mais pouvais-je leur confier que je la voyais déjà, vaguement, la « grande maison », à la faveur des lueurs des fenêtres ?

— Il y a là une très grande salle où s'entassent parfois plus de vingt ou même trente étudiants devant des récepteurs de télé en *circuit fermé*. Savez-vous à quoi ça sert, le circuit fermé ?

Le chef de groupe murmura :

— Oui. Les récepteurs sont reliés à la camera par des fils, de façon que l'émission ne puisse atteindre aucun poste extérieur.

— Et pourquoi ne veut-on pas que l'on voit de l'extérieur ce qui se passe devant la camera ? Hein ? Pourquoi ?

Sa voix se troubla quand il répondit :

— Je n'y avais pas pensé, mon lieutenant, mais en effet c'est louche ! Que diable peuvent-ils faire en se cachant ainsi ?

Pauvre imbécile ! Même s'ils l'avaient voulu, les Scientistes n'auraient pu présenter leurs images à la télé. Il n'y a qu'un seul émetteur au monde, il ne couvre que la Ville et il est sévèrement contrôlé par les Services du Général-Délégué. D'ailleurs, il ne fonctionne qu'assez irrégulièrement : les piles fournies par l'unique usine sont de mauvaise qualité et la cadence de fabrication baisse sans arrêt faute de matière première. Exactement comme les pièces de remplacement sur les récepteurs : on vit sur les stocks, et ceux-ci s'épuisent. Et le problème ne concerne pas uniquement la télé. Galil m'en parlait la veille, et suggérait une solution sur laquelle je reviendrai : remplacer la technique artisanale par une technique industrielle semblable à celle des Ancêtres.

Mais les Noirs, à de rares exceptions près, se désintéressent de ces questions et sont totalement ignares. Et il fallait que je leur donne une raison valable pour que, si nécessaire, ils éteignent ceux que nous allions surprendre.

Mes galons de capitaine étaient à ce prix !

A ce moment-là, d'ailleurs, j'ignorais ce que les Scientistes faisaient, de nuit, devant leur camera ou leurs écrans. J'avais appris par hasard qu'ils se réunissaient parfois pour des expériences, mais je ne les haïssais pas : j'attendais que le sort décide entre Galil et Josiah.

La haine n'est venue que *lorsque j'ai vu ce qu'ils faisaient.*

Jusque là, je n'avais pas osé demander à Gaëlle : « A quelles expériences se livrent-ils ? ». Peut-être n'aurait-elle pas répondu, car elle était très intuitive, et elle aurait deviné le coup terrible que sa réponse m'aurait asséné.

Je repris, à l'intention des Noirs :

— La salle dans laquelle ils sont rassemblés ne possède que deux portes. Deux d'entre vous se posteront sur le seuil. Aveugleur d'une main, matraque de l'autre. Si quelqu'un tente de sortir, matraquez. Je les veux tous, en procession, enchaînés jusque devant Josiah qui décidera de leur sort. A part ceux qui surveilleront les portes, nous entrerons et je donnerai mes ordres à haute voix. Je pense que vous n'aurez aucune difficulté pour passer les menottes au poignet de ces insoumis qui essaient de prendre la place du Général-Délégué et de Josiah.

Un sourd grognement d'approbation salua mes paroles. Chez les Noirs, comme chez presque tous les humains, rares sont ceux qui savent juger avec sérénité les discours qu'on leur tient. Si l'on flatte un peu l'instinct de violence de l'homme, celui-ci se laisse prendre à toutes les insinuations, à tous les mensonges.

Josiah avait acquis sa popularité de cette façon. Pourquoi pas moi ?

Il n'y avait évidemment aucun éclairage hors des logis qui entouraient la salle d'expériences. A quoi bon ? Des lanternes n'eussent éclairé qu'à une Vue... du moins pour les autres.

Je regrettais cependant cette absence de lumière : je ne bénéficiais plus de mon don prodigieux. Puis je me dis que dans la salle d'expériences ma supériorité visuelle reparaîtrait : les étudiants, comme les professeurs, disposaient de petites lampes afin de prendre des notes.

*
* *

Peut-être convient-il que j'explique certains faits si habituels dans notre monde aveugle que je ne pense jamais à les signaler au moment voulu. Les Ancêtres, d'ailleurs, agissaient de la même façon, et au cours de leurs récits nous avons beaucoup de peine à imaginer le cadre dans lequel ils évoluaient, parce que dans leurs descriptions ils négligent *le détail.* Le détail quotidien, auquel on ne prête plus attention, qui est devenu d'une telle banalité qu'on ne le signale même pas.

La faille principale de notre société est le manque à peu près total de moyens de communications. Sur ce point, le contraste est frappant entre les Ancêtres et nous. Impossible de douter qu'ils aient possédé des « routes » très larges, puisque nous en connaissons des vestiges. Impossible de douter que ces routes étaient destinées à la circulation d'engins plus rapides que la course d'un chien. Nous possédons encore certains de ces engins. Mais impossible de douter aussi que nul, sinon moi — ou Galil et Gaëlle — ne pourrait actuellement les conduire. On ne dirige pas un véhicule qui roule « plus vite qu'un chien ne court » quand on ne voit pas à quatre pas.

D'où la disparition totale des « routes » et leur remplacement par des sentiers (avantage : aucun entretien). Les ponts eux-mêmes ne sont guère plus larges que l'empâtement des carrioles de livreurs.

Voilà pour la façon de se déplacer dans notre monde.

Il conviendrait que je parle aussi du mode de vie dans nos maisons, et de la façon dont de très rares « usines » fabriquent encore certains objets. Je le ferai plus tard. Pour l'instant, une simple indication : mis à part les armes, les pièces de rechange pour la télé et quelques rares objets, tout est fabriqué de façon artisanale et transporté sur des carrioles à bras.

*
* *

... Donc, à la tête de mes Noirs, je m'approchais lentement de la salle d'expériences. Je le savais déjà, elle ne comportait aucune fenêtre, comme beaucoup de maisons. A quoi bon ? Cette lumière du jour, que je suis à peu près seul à voir, n'était pas perceptible aux humains.

Il y avait, au niveau du toit, des fentes d'aération très étroites. Comme la salle ne possédait pas d'étage, il me fut facile, grâce aux épaules de deux de mes Noirs, de me hisser au niveau de l'une de ces fentes.

Je pus alors voir ce que faisaient les Scientistes dans la salle d'expériences. Voir et entendre.

Et c'est alors que la haine naquit en moi avec la violence d'un ouragan.

CHAPITRE 6

Pour un autre que moi, ce que je voyais n'aurait présenté aucune importance... d'autant moins, si j'ose dire, qu'il ne l'aurait pas vu ! Pour un être « normal » cette salle d'expériences, vue de cette hauteur, n'eût été qu'une caverne de ténèbres, piquetée par quelques minuscules points lumineux.

Mais moi, Micaël, j'avais ôté mes lunettes et, grâce à la faible clarté des petites lampes d'études, je voyais. Tous, je les voyais tous. Du premier, qui opérait sous la camera, au dernier, à l'extrémité de la ligne des récepteurs télé.

Les récepteurs ne m'intéressaient pas, sinon qu'ils n'étaient guère qu'une dizaine alors que je supposais trouver là vingt ou trente Scientistes.

Mais le chirurgien, sous la camera...

Bien sûr, nous disposions de chirurgiens dans notre monde, et certains étaient devenus très habiles... après une longue expérience et de très nombreux échecs. J'ai déjà exposé pourquoi : comment assurer la formation pratique d'un groupe d'élèves quand eux, comme vous, ne voient guère qu'à deux ou trois pas ?

Il est évident que si ce chirurgien-là avait opéré un patient d'une appendicite ou d'une tumeur au cerveau, je n'y aurais prêté aucune attention. Mais...

Tout d'abord, parlons un peu des autres. Dix jeunes gens, assis devant leur écran de télé « en circuit fermé », stylo à la main, papier devant eux sur une petite table. Ils épiaient ce que leur présentait l'écran avec une telle attention que la plupart d'entre eux se penchaient en avant pour mieux voir.

Et de temps en temps leur main s'abaissait, et ils prenaient une note, pratiquement sans regarder le papier. Papier et stylos étaient des produits relativement rares (une seule usine en fabriquait, et la matière première était transmise par chariots à bras) et donc sévèrement rationnés. En général, la mémoire suppléait à l'écriture.

Que regardaient-ils sur leur écran avec une telle passion ? Evidemment, l'opération que leur professeur effectuait sous la camera.

De nuit, en se cachant le plus possible. Or, le Règlement était plutôt libéral ! Qu'on en juge : les Services du Général-Délégué avait classé les expériences en deux catégories. Celles dites « de routine », auxquelles on pouvait procéder librement, et les « exceptionnelles », pour lesquelles il fallait une autorisation. Je précise que cette autorisation n'était jamais refusée, du moins je n'ai jamais su que l'on en ait interdit une seule. Peut-on être plus libéral sans tomber dans l'anarchie ?

Sans même savoir qui l'on opérait, et de quoi on l'opérait, j'étais en droit de me dire : « C'est grave... et c'est clandestin ».

Mais c'était pire ! Pour moi, comme pour le général-Délégué, comme pour Josiah ce que réalisaient les Scientistes, c'était à plus ou moins long terme notre disparition en tant qu'êtres exceptionnels, c'est-à-dire en tant que Dirigeants. Si l'opération à laquelle se livrait le chirurgien réussissait, c'était la fin de notre supériorité. La fin de mes ambitions !

Et elle réussirait, l'opération, j'en étais sûr... parce qu'elle avait déjà réussi, pour Galil, pour Gaëlle, et pour d'autres. Combien d'autres ? Le problème était là. Aurais-je le temps de les éteindre à peu près tous ? Ou bien serions-nous submergés par eux ?

Une jeune femme était étendue sur la table, sous la camera, anesthésiée. L'homme masqué de blanc incisait la chair autour des yeux et, à voix normale, avec la classique indifférence des médecins, il indiquait ce qu'il allait faire, et ce qu'il en résulterait.

Et ce qu'il en résulterait, c'était simple : la jeune femme, à son réveil, aurait des yeux *normaux,* c'est-à-dire les yeux des Ancêtres, c'est-à-dire les miens.

Oh, non ! J'aurais accepté n'importe quoi, mais pas ça. Les Scientistes avaient commencé à modifier les yeux de tous les jeunes ! J'arrivais peut-être trop tard !

J'imaginais ce que ça donnerait dans quelques années, quand les étudiants qu'ils formaient seraient capables d'opérer comme eux. Des centaines, des milliers d'humains verraient comme voyaient les Ancêtres... *aussi bien que moi !*

Quel bouleversement dans notre société ! Mais non, je me mentais à moi-même. Ce qui importait, c'était le « coup de frein » sur la fulgurante ascension que j'espérais. Si je laissais faire, je ne remplacerais probablement jamais Josiah, et moins encore le Général-Délégué. Car ils seraient des centaines à posséder les mêmes armes que moi.

Cela m'avait traversé l'esprit à une inimaginable vitesse. Tout de suite je compris que je devais m'opposer de toutes mes forces à la création d'une race de surhommes.

Quatre ou cinq, soit : ils prendraient les premières places. Or il y avait déjà le Général-Délégué (qui par bonheur, disait-on, faiblissait nettement) et Josiah. Plus le professeur Galil et sa nièce. La concurrence était largement suffisante !

Je sautai à terre et j'ordonnai :

— Allons-y.

Une minute plus tard, divisés en deux groupes, nous bloquions les portes. Sur un coup de sifflet, ce fut la ruée.

A l'intérieur, surprise complète. J'avais fait en sorte de me trouver, dès mon entrée, près du chirurgien et de sa patiente. Il s'était relevé et me regardait, les yeux ronds, bistouri au poing.

Mon visage dut l'inquiéter, mais il parvint à affermir sa voix pour décréter :

— Tout à l'heure. Si vous retardez l'opération, cette jeune femme sera aveugle.

Mon rire fut celui d'un dément. Car j'étais fou. Fou à la pensée que, grâce à des Scientistes tels que celui-ci, je ne serais bientôt plus une exception, mais un quelconque individu noyé dans la masse. Alors, adieu mes rêves.

La haine m'affolait. Je ne me retournai même pas pour voir ce qui se passait dans la salle. Des bruits de bousculade derrière mon dos, sans aucun cri, aucun appel, me prouvaient que les étudiants, abasourdis par l'intervention soudaine des Noirs qu'ils redoutaient, se laissaient docilement enchaîner l'un à l'autre, poignet pris dans les menottes.

— Elle restera aveugle, entendez-vous ? grogna le chirurgien. Il n'est pas possible que votre conscience...

Pauvre imbécile ! La conscience d'un Officier Noir ! Comme si la conscience était autre chose qu'un résultat de l'éducation que l'on reçoit ! Et à l'Ecole des Noirs, on s'en chargeait, d'effacer « la conscience » !

Je tirai, de toute la puissance de l'aveugleur. Avec colère. Avec haine. Il cria, plaça ses mains devant ses yeux et s'adossa au mur :

— Non ! gémit-il. Oh, non ! Elle va rester aveugle !

Avec sauvagerie, je le frappai de ma matraque, et il s'écroula. Alors, je me retournai.

Je le répète, j'avais ôté mes lunettes, aussi, grâce aux lanternes des étudiants, je voyais jusqu'au fond de la salle. Tout était terminé. Les dix jeunes gens étaient enchaînés l'un à l'autre par le poignet. Aucun n'avait tenté de résister : les Noirs sont sans pitié, chacun le sait.

Et à leur âge, ces jeunes-là n'avaient aucun désir de se faire éteindre !

— Bien, dis-je. Conduisez-les à l'Etat-Major. Le colonel Josiah les interrogera lui-même et décidera de leur sort. Trois hommes ici, avec moi.

Trois Noirs se détachèrent du groupe et, à tâtons, s'approchèrent. Quand ils furent près de moi je leur montrai, à la clarté du projecteur de la camera, le chirurgien qui gisait sur le sol, assommé.

— Eteignez-le, ordonnai-je. De la façon qui vous plaira.

Puis je tournai le dos et je sortis. Ils obéirent, c'était certain. Un Noir ne désobéit jamais (sauf quand il occupe de hautes fonctions). Ils allaient éteindre le chirurgien, qui ne rendrait plus à personne les yeux des Ancêtres.

Autant de concurrents de moins pour moi. En tuant celui-ci, j'accordais vie sauve à des centaines d'autres qu'il aurait fallu supprimer par la suite. Ma conscience me laissait en paix.

Restait à apprendre les noms des autres Scientistes capables de procéder à cette opération. Je le saurais par Gaëlle.

Les étudiants ? C'était l'affaire de Josiah. Je doutais qu'il leur laisse continuer leurs études !

Quant à la jeune femme à demi opérée, eh bien, elle resterait aveugle. C'était un service que je lui rendais : si l'opération avait été terminée, j'aurais été obligé d'éteindre la patiente. Somme toute, je lui accordais le droit de vivre.

Oui, ma conscience de Noir était en paix.

CHAPITRE 7

Dès que j'arrivai à l'Etat-Major, une heure plus tard (j'avais volontairement flâné au hasard) j'appris que Josiah m'attendait, ce qui ne me surprit pas. Par contre, je fus étonné de constater qu'il était seul dans son bureau : j'étais persuadé qu'il interrogerait les étudiants en ma présence.

— Assieds-toi, Micaël, fit-il sur un ton très affectueux. Je suis particulièrement satisfait de la façon dont tu as commencé le combat contre les Scientistes.

Je haussai les épaules :

— Ce n'était vraiment pas difficile !

— Peut-être, reconnut-il. Pour un homme tel que toi, doté des yeux que tu possèdes, peut-être est-ce facile. Mais ce qui fait de toi un précieux auxiliaire, c'est qu'à ma connaissance aucun autre Noir n'en aurait été capable.

Il eut un sourire étrange pour ajouter :

— Et même si un autre que toi avait procédé à

l'arrestation de ces... de ces déviationnistes... il n'aurait eu aucune raison de faire éteindre le professeur Coper, l'un de nos chirurgiens les plus habiles.

J'esquissai un geste, mais déjà, coudes sur la table, tête dans les mains, il reprenait sans cesser de me regarder :

— La colère, n'est-ce pas ? Dès que tu as compris que cet homme était capable de modifier l'œil humain de façon à en revenir à la vision des Ancêtres, tu as tremblé pour ton avenir.

— Ce n'est pas... murmurai-je.

— Ne cherche surtout aucune excuse, dit-il en riant. Tu sais fort bien qu'à ta place j'aurais agi comme toi. En outre, tu rends un fier service au Général-Délégué... qui, depuis des semaines, cherche à apprendre ce que veulent au juste les Scientistes... et éventuellement comment ils espèrent attaquer. Désormais, nous le savons : ils forment des êtres à vision exceptionnelle. Bien évidemment, dès que ceux-ci seront assez nombreux... Oh, une centaine suffirait pour neutraliser tous les Noirs, puisqu'ils pourraient les attaquer à grande distance et disparaître dans les ténèbres après les avoir éteints.

Un bref silence. Puis, chaleureux :

— Micaël, nous sommes trois, pas davantage, pour lutter contre cette rebellion. Toi, moi, et le Général-Délégué. Nous sommes tous trois concernés par cette tentative... heu... illégale. Notre situation présente... et pour nous deux celle à venir... en dépendent. En es-tu bien persuadé ?

De nouveau, je haussai les épaules :

— Pourquoi aurais-je fait éteindre ce type, ce Coper, sinon parce que j'avais compris le danger ?

— Oui, bien sûr. Dans ces conditions, nous devons rassembler tous les éléments dont nous disposons, les mettre en commun pour contre-attaquer.

Il détacha les syllabes :

— Toi, moi, et le Général-Délégué. C'est du moins ce qu'il pense.

Un frisson me secoua. Tout allait décidément très, très vite ! La plupart des Officiers Noirs n'avaient vu le Général-Délégué que sur les écrans de la télé. Et voilà qu'il m'offrait une alliance par l'intermédiaire de Josiah !

— C'est un honneur pour moi, murmurai-je.

Il grogna, imitant ma voix :

— « C'est un honneur pour moi ! »... Tu es vraiment encore trop gosse, Micaël, trop craintif, et je me demande si nous avons raison de miser sur toi.

— Cherchez-en un autre ! répliquai-je sèchement.

Cette fois il se mit à rire sans retenue.

— Bravo ! Voilà comment il faut être : sans pitié et sans humilité puisque tu es notre égal. Alors, que penses-tu de l'idée du Général-Délégué : tout mettre en commun nous trois ?

— Ce n'est pas une idée, c'est une évidence.

— Bravo encore. Mais, tu le sais... il faiblit beaucoup depuis quelques mois... Hum !... Voyons. Mettons tout en commun. Tu nous as débarrassés de Coper, tu as mis à jour la conspiration des Scientistes...

Il se leva. Il était plus grand que je ne l'avais imaginé lors de notre première entrevue. Grand et maigre.

— Mettons tout en commun, répéta-t-il. Il est très important pour le Général-Délégué et pour moi d'apprendre *comment tu as su que les Scientistes allaient se livrer à cette expérience.*

*
* *

...Cela me fit l'effet d'une de ces bombes dont parlent les Ancêtres dans leurs récits. Je n'y avais jamais pensé. J'attendais des félicitations, des compliments, et sous peu mes galons de capitaine. Mais pas ça ! Le grain de sable, le point faible dans mon plan.

« *Comment as-tu su ?* ». J'avais agi comme un idiot. Josiah devait fatalement se poser la question, et je n'y avais pas pensé ! Comment un débutant, un tout jeune lieutenant, avait-il pu démasquer les Scientistes alors que lui, pas plus que le Général-Délégué, n'avaient dépassé le stade des soupçons ?

J'étais pris au piège. Ma Lumière avait beau m'éblouir quand je l'étudiais dans un miroir, je n'étais pas aussi intelligent que je l'avais supposé. Bien plus tard je compris qu'elle donnait la mesure de la vie intérieure, qui n'a qu'un lointain rapport avec l'intelligence.

Les Ancêtres l'avaient déjà noté : certains êtres repliés sur eux-mêmes vivaient intérieurement de façon très active, tout en s'avérant incapables de comprendre certaines choses très simples, et surtout incapables d'agir. Or celui qui n'agit pas est un mort avant l'heure... et qui prétendrait qu'un mort est intelligent ?

Une infime fraction de seconde pour penser à ça. Une autre pour conclure : « Tu ne peux pas raconter des blagues : Josiah est trop perspicace ». Et enfin : « Tu dois te rapprocher le plus possible de la vérité, afin que cela lui paraisse plausible... et qu'il puisse vérifier ».

A peine les derniers mots de Josiah s'estompaient-ils dans le silence que j'eus un sourire gêné.

— J'aurais préféré tenir secrètes mes sources d'information, murmurai-je.

— Même pour moi ?

— Eh bien, je... En toute franchise, j'ai douté de vous.

— Comment cela ?

— C'est tellement énorme que j'ai craint que votre méfiance ne s'éveille.

Debout, tendu, les traits figés, il me dévisageait.

— Prends garde, Micaël, gronda-t-il enfin. Prends garde ! Le jour où tu m'auras remplacé à la tête des Noirs, tu n'auras plus grand'chose à redouter de moi... tout comme je n'ai rien à redouter du Général-Délégué actuel. Mais tu n'es encore qu'un infime officier qu'on peut briser, et si...

— Et voilà ! dis-je avec un soupir. Voilà la réaction que j'appréhendais.

Ça le calma aussitôt et il s'assit. Mais il se mit à pianoter sur la table du bout des doigts.

— Qu'est-ce que ça va être quand je vous aurai tout dit ! repris-je avec amertume. Vous m'avez posé une question : comment ai-je su que les Scientistes allaient procéder à cette expérience.

— Oui. Eh bien ?

— Je le sais par le professeur Galil.

Ça lui donna un coup, car il cessa de pianoter, me regarda, l'air ahuri. Puis une lueur d'intérêt s'alluma dans ses yeux.

— Explique-toi.

— Eh bien, voilà. J'ai par hasard rencontré Gaëlle, la jeune nièce du professeur. Elle ne m'a pas semblé farouche. A en croire certains bruits qui courent, Galil conteste la politique du Général-Délégué, et serait très lié avec les Scientistes. Sous divers prétextes, je me suis présenté chez lui... Plusieurs fois... Et il a supposé que je recherchais uniquement... la compagnie de sa nièce.

Il ne cessait de me regarder droit dans les yeux, mais je portais mes lunettes. Personne n'a jamais pu lire dans les yeux d'un homme qui porte des verres fortement teintés.

— Est-elle ta maîtresse ? demanda-t-il enfin.

Je haussai les épaules :

— Bien entendu ! Sans ça, comment aurais-je su que Coper opèrerait une jeune femme devant dix étudiants, de façon à ce que ces derniers puissent à leur tour rendre à d'autres les yeux des Ancêtres... mes yeux, à moi !

Je m'étais penché vers lui, et je ne simulais pas la colère : j'étais vraiment furieux.

— Nous n'allons pas tolérer ça, n'est-ce pas ? grondai-je. J'ai été sur le point de faire éteindre les étudiants...

— A l'heure qu'il est, ils le sont, dit-il doucement. J'en ai donné l'ordre. Comme tu l'as dit, c'est une menace que nous ne pouvons tolérer.

Il rêva un peu, puis sourit. Sans doute essayait-il de déterminer si j'avais un intérêt personnel à me rapprocher du professeur Galil. La logique répondait : aucun, puisque je venais de faire éteindre le chirurgien Coper et d'arrêter les dix étudiants.

— Que penses-tu de Galil ? demanda-t-il enfin.

Je me caressais la joue, pensif.

— Je ne le connais que depuis peu de temps. Il ne se livre pas aisément. Mais je ne crois pas qu'il approuve l'activité des Scientistes.

— Tiens ? D'après ses déclarations, j'aurais pourtant cru...

Une soudaine inspiration me vint, et je souris.

— Comprenons-nous bien, fis-je. Il est possible que ses idées le poussent à aider les Scientistes. Pourtant, j'en suis persuadé, c'est lui qui a fourni à sa nièce les renseignements qu'elle m'a communiqués, ce qui m'a permis d'intervenir.

— Explique-toi plus clairement.

— Il a grade de colonel, murmurai-je... et il est membre de la *runte,* lui. De la *runte* qui nommera le prochain Général-Délégué. Et il y a des amis.

Touché. Il sursauta. Et recommença à pianoter sur la table.

— Ce vieux birbe! grogna-t-il. Qui n'a jamais rien commandé d'autre que quelques étudiants!

Je continuais à sourire:

— Non, repris-je. Il ne s'agit pas du tout de ça. Pour autant que je sache, Galil est un rêveur sans ambition, et sa situation actuelle, y compris son grade de colonel, lui suffisent amplement.

— Alors? Pourquoi, s'il pense comme les Scientistes, s'oppose-t-il à eux?

Je me frottai le menton.

— Et voilà précisément ce que je voudrais déterminer, dis-je. Mais pour cela il me faut un peu de temps.

Il me regarda longuement, longuement... Il cherchait la faille. Mais elle n'apparaissait pas. J'avais fait éteindre Coper et livré les étudiants, preuve de ma fidélité.

Comme il est facile de berner un homme, même haut placé!

— Micaël, me dit-il enfin, d'accord. Continue dans cette voie. Le mois prochain le Général-Délégué signe des promotions exceptionnelles. Tu seras en tête de la liste.

Je toussotai.

— J'y serai... si vous me rendez un service. Je ne peux reprendre ma comédie auprès de Galil s'il apprend que j'ai...

Il m'interrompit, sourire aux lèvres :

— Coper est éteint, les étudiants aussi. Et tu sais que les Noirs ne parleront pas.

— La femme que Coper opérait ?

— Elle était anesthésiée.

— Oui, en effet, reconnus-je. Mais...

Il souriait. Un sourire que je n'aimais pas.

— Dès que j'ai eu entre les mains les étudiants que tu m'as fait... livrer, Micaël, je me suis préoccupé de l'identité de l'opérée. Il semblerait que tu n'y aies pas pensé.

— Non, fis-je avec surprise. Est-ce que c'était important ?

— Pour moi, non. Pour toi, peut-être. J'ai eu entre les mains ton dossier, établi avant que tu ne sois reçu à l'Ecole des Noirs. Tu fréquentais une fille nommée Yolande, n'est-ce pas ?

J'ouvris les yeux tout grands.

— Voulez-vous dire que...

— L'opérée se nommait Yolande, fit-il. Mais évidemment rien ne prouve que ce soit la même ! Ce serait une extraordinaire coïncidence.

Je grinçais des dents.

— N'importe ! Si par hasard c'était elle, elle a pu reconnaître ma voix !

— Elle était anesthésiée.

— J'aurais dû l'éteindre aussi ! grondai-je. J'aurais une certitude !

Son regard était vaguement amusé. Sans aucune

raison, j'eus l'impression que je n'étais qu'un petit garçon qu'il manœuvrait à sa guise. Moi, Micaël !

Le silence tomba. Josiah réfléchissait. Enfin il grogna :

— Je voudrais bien savoir ce qu'ils peuvent faire !

— Qui ça ? Les Scientistes ?

— Oui. N'en as-tu aucune idée ?

— Très vague. Galil n'est pas au courant de tout : ils se défient de lui. Mais ils le ménagent car, grâce à son influence à la *runte* sa voix peut être déterminante pour l'élection du prochain Général-Délégué. Je ne sais pas encore s'ils ont un candidat.

Du bout des doigts il se caressait la joue, pensif. Enfin, doucement :

— Cherche un prétexte, Micaël. Un de ces jours, il faudra que tu me mènes chez Galil... en ami. Nous avons à parler, lui et moi.

— Oui, reconnus-je. Je le crois aussi. Je tâterai le terrain

CHAPITRE 8

Nous montions vers le sommet de la colline (c'était notre promenade habituelle) quand Gaëlle me demanda :

— Toujours rien de nouveau ?

— Rien, dis-je.

Je savais à quoi elle faisait allusion : Galil et elle s'étaient mis en tête que j'étais bien placé pour démasquer l'officier qui avait éteint Coper et arrêté les dix étudiants.

Cela m'amusait beaucoup, mais cela m'aurait diverti davantage si j'avais pu savoir *pourquoi* Galil et les Scientistes tenaient à connaître ce nom. Jouant l'indifférence, je m'en étais ouvert à Galil qui m'avait répondu simplement :

— Nous avons des moyens d'action. Ce misérable doit payer.

Le misérable, c'était moi. Je n'avais pas insisté, mais ma jubilation intérieure en avait été troublée. Certes, désormais je pouvais sans crainte éteindre Galil *puisque*

Josiah n'ignorait pas que mes yeux valaient les siens. Le professeur ne pouvait plus rien contre moi.

Mais je tenais d'abord à apprendre *ce que pouvaient les Scientistes.* Et sur ce point, ils n'étaient pas bavards. Ils éludaient toutes les questions.

— Ote tes lunettes, murmura Gaëlle. Il n'y a personne.

Depuis que nous nous promenions ensemble, c'était une sorte de rite. J'obéis. Et tout de suite, je sifflotai. C'était toujours le même choc en moi (et pourtant j'y étais accoutumé!) il me semblait que je changeais de monde.

La Ville s'étendait à nos pieds, avec ses murs blancs et ses toitures rouges. Les humains ne percevaient pas la couleur blanche : pour eux, elle était gris clair. Mais un ordre du Général-Délégué prescrivait de récrépir les façades dès que celles-ci seraient déparées par des taches gris foncé... si bien qu'en réalité elles étaient merveilleusement blanches.

Quant aux toits, ils étaient couverts de tuiles. Mais nous n'étions que quelques-uns au monde à savoir que les tuiles étaient rouges.

Au bas de la colline, toute une caravane de carrioles tirées à bras se dirigeait vers la Ville. Peut-être apportaient-elles des piles pour la télé (l'usine était à plusieurs kilomètres) ou peut-être de la nourriture.

Gaëlle se pencha, cueillit une fleur entre deux pierres, me la montra. Les pétales jaunes étaient ponctués de rouge.

— Dire que ces pauvres gens ne voient pas ces merveilles ! murmura-t-elle.

Puis, hochant la tête :

— Heureusement que nous avons mis au point l'opération qui, peu à peu, leur permettra de jouir de cette beauté qui nous entoure !

Elle ne remarqua pas ma rapide grimace et reprit :

— Au fait, Micaël... j'oubliais de te dire que mon oncle va recueillir pour quelque temps cette jeune femme que Coper avait commencé à opérer.

Je me détournai un peu et je remis mes lunettes. Aucune envie qu'elle lise dans mes yeux !

— Ah oui ? fis-je.

Comme si elle m'avait dit « il va pleuvoir ». Elle me regardait avec surprise :

— On dirait que le sort de cette femme te laisse indifférent, Micaël. Pourtant elle est aveugle, définitivement.

— C'est un grand malheur, répondis-je en m'efforçant à simuler la pitié.

Puis, avec tranquillité :

— Pourquoi ton Oncle ? Sont-ils parents ?

— Il ne l'avait jamais vue et n'en avait jamais entendu parler.

— Alors ?

— C'est à cause de toi, Micaël.

— A cause de moi ?

Un à un, j'arrachais les pétales de la fleur merveilleuse que Gaëlle avait cueillie. Ainsi cette Yolande, aveugle, allait habiter chez Galil où j'allais tous les jours.

Mais qu'importait Quand j'avais interrompu l'opération, elle était anesthésiée. Même si c'était la Yolande que j'avais connue quelques années plus tôt, elle ne pouvait savoir que j'avais dirigé l'intervention des Noirs.

— Tiens ? dis-je... A cause de moi ? Elle me connaît donc ?

— Non. Mais... le misérable qui a fait éteindre Coper et ses étudiants a donné ses ordres à voix haute. Elle peut reconnaître cette voix.

— Je croyais qu'elle dormait puisqu'on l'opérait !

La fleur, sans pétales, tomba de mes doigts.

— Non, répondait Gaëlle. Voilà précisément la seule chance dont nous disposons pour punir l'assassin de Coper et des étudiants. Cette femme était anésthésiée à l'aide d'une drogue... j'ignore laquelle... qui paralyse les nerfs sensitifs et les nerfs moteurs, mais qui, mon oncle l'affirme, est sans effet sur l'oreille interne et bien entendu sur le cerveau.

Elle parlait en pédante, répétant les explications de Galil. C'était un de ses défauts : elle se jugeait très intelligente. Jusqu'à présent, je ne pouvais dire d'elle qu'une chose : elle était belle.

— Il est bien évident, Micaël, que les anesthésiques n'endorment pas toutes les fonctions du corps humain, sans quoi le cœur cesserait de battre, la respiration de s'effectuer, et l'on n'opérerait qu'un mort. Cette femme était insensibilisée, *mais elle entendait.* Aussi pourrait-elle éventuellement reconnaître la voix de l'officier. Comprends-tu ?

Mom rire sonnait faux quand j'affirmai :

— A merveille ! Tu veux que je lui parle afin que tu sois sûre que je ne suis pas le coupable.

Elle me donna sur la joue une chiquenaude affectueuse :

— Tu es bête ! je te connais trop bien, Micaël : tu es un tendre.

« Et toi une sotte », pensai-je, humilié d'apprendre que l'on pouvait me prendre pour autre chose qu'un vrai Noir.

Histoire de réfléchir un peu, je me penchai et cueillis un brin d'herbe que je me mis à mâchonner.

— Ne fais pas ça, Micaël protesta-t-elle. Mon oncle m'a expliqué que l'on peut attraper je ne sais quelles sales maladies...

Décidément, elle me prenait pour un gosse. L'instinct maternel. Faudrait mettre ordre à ça sans quoi, un de ces jours, je serais la risée de tous les copains. Il est vrai que j'en avais si peu... Peut-être avaient-ils *senti* que je n'étais pas tout à fait comme eux car, sans m'ignorer, ils me battaient froid. Je me demandai si ç'avait été la même chose pour Josiah, alors qu'il passait par l'Ecole. Et pourquoi ne pas le lui demander un jour ?

— Gaëlle, dis-je sans cesser de mâcher l'herbe, je ne comprends plus. Pourquoi recueillez-vous cette femme « à cause de moi » ?

— C'est une idée de mon oncle. Nous ne pouvons pas faire défiler devant elle tous les officiers Noirs ! Mais toi, tu en connais beaucoup, surtout des jeunes. Et il était jeune, ce salaud. Grâce aux indications qu'elle te fournira, tu pourras peut-être...

— Je vois, dis-je. Mais je n'aime pas beaucoup ce rôle.

— Tu refuserais ?

— Je ne sais pas encore. Faut que j'y réfléchisse.

Eplorée, elle murmura :

— Je le connais ! Si tu refuses, il ne voudra jamais te revoir !

Diable ! C'est que j'avais besoin de lui, moi, pour apprendre à quoi m'en tenir quant à la force des Scientistes !

J'avais passé mon bras autour de la taille de Gaëlle et je l'entraînais. De nouveau j'avais ôté mes lunettes. Le monde devenait différent. C'était peut-être pour ça que Gaëlle manifestait une telle naïveté. Dans un monde beau et souriant, on se sent porté à la clémence. Mais moi, je portais mes lunettes presque tout le temps.

Le soleil souriait dans un ciel tout bleu. Peut-être riait-il de moi. Est-ce qu'on sait ? Les Ancêtres avaient, eux, une Religion et des dieux. Chez nous, c'était interdit — ou plutôt nous n'avions qu'un seul Dieu que nous voyions sur l'écran de la télé : le Général-Délégué. Certains, autrefois, adoraient les astres— ce qui est évidemment impossible de nos jours puisqu'on ne les voit plus... enfin, les autres ne les voient plus.

Même le soleil : comment l'adorer alors qu'il n'était plus qu'une clarté diffuse ? Mais moi, je le voyais, et je savais que la Vie n'était possible que grâce à lui. Est-ce qu'il riait de moi parce que j'étais pris au piège ?

Oui, pris au piège : Galil tenait à ce que je rencontre l'aveugle. Et si cette Yolande-là était *ma* Yolande, celle que j'avais connue quand j'étais gosse ? Ma voix, certes, avait évolué en quelques années. Mais Yolande allait reconnaître d'abord l'officier « misérable » et peut-être, à la réflexion, son jeune ami Micaël.

Impossible de m'en tirer sans réagir durement. Eteindre Galil et Gaëlle n'eût servi à rien : les autres Scientistes eussent compris la vérité. Une seule solution. Il fallait éteindre Yolande... avant qu'elle ne me reconnaisse. Oh, ça ne me coûtait guère : elle n'avait jamais été pour moi qu'une poupée vivante.

Mais l'éteindre chez Galil... Difficile, du moins sans risques pour moi !

— On s'assied ? me demanda Gaëlle.

— Pourquoi pas ?

Il y avait là une haute pierre plate que nous avions

repérée dès notre première promenade. Gaëlle me regardait, secouait la tête.

— Je me demande pourquoi tu t'obstines à porter ton casque et ton uniforme quand nous sommes seuls !

— L'uniforme est mal coupé ?

— Non ! Il te va à merveille. Mais... (soupir)... j'aimerais tant oublier parfois que tu es un officier Noir ! Même quand tu es dans mon lit, tu gardes le casque !

Evidemment. Il est des instants où j'oublierais peut-être de dérayer... Ainsi, pour elle, être un officier Noir constituait une tare ! Et je ne pouvais rien répliquer : j'avais encore besoin d'elle et de son oncle pour évaluer la puissance des Scientistes, pour mettre en balance leur force et celle de Josiah. Pas un instant je n'oubliais que, des deux côtés, on m'avait offert la place de ce dernier. Ce n'était pas le moment de faire un faux pas, de se tromper de parti. Jusqu'alors j'estimais que Josiah avait toutes les chances de son côté... mais, en somme, j'ignorais tout des Scientistes.

Donc, ne rompre ni avec l'un ni avec les autres. Mais cela devenait chimérique si je rencontrais Yolande l'aveugle. Impossible de déguiser ma voix : Galil et sa nièce l'eussent remarqué.

Or si je parlais de ma voix normale, Yolande me démasquerait.

Je serrais Gaëlle contre moi :

— Cette jeune aveugle m'émeut, dis-je. Où est-elle actuellement ? Est-elle bien soignée ? Ne court-elle aucun risque ? Ce lâche officier Noir qui l'a condamnée à la cécité est capable de la rechercher pour l'éteindre définitivement !

Les yeux de Gaëlle flambèrent :

— Qu'il essaie ! C'est tout ce que nous demandons.

— Oh, oh ! Tu es bien sûre de toi !

Elle serrait ma main entre les siennes et, à sa respiration courte, je la devinais très émue.

— Je ne devrais pas te le dire, Micaël, mais elle est en sûreté au Refuge des Scientistes. Pas un Noir ne peut y pénétrer. S'il tente de le faire, il meurt. C'est là que nos plus grands savants ont rassemblé certaines inventions qu'ils ont tenues secrètes... et qui bienfôt, dès qu'ils auront le pouvoir, leur permettront de tirer de son enfance ce monde presque aveugle.

Mes doigts ne tremblaient pas, et pourtant j'étais fou d'envie de lui demander :

«Où est ce Refuge ? ».

Par un violent effort de volonté, je parvins à m'en abstenir. Je lui souris et je parlai d'autre chose.

*
* *

...C'est cette nuit-là, sur l'oreiller, qu'elle m'expliqua où se trouvait le Refuge des Scientistes. Et bien des détails aussi.

«*Noir, joue avec les femmes*». Je n'aurais jamais imaginé que ce fût si utile.

CHAPITRE 9

J'avais l'intention d'étudier de très près ce Refuge-là, mais je ne pus le faire dans l'immédiat car, dès le lendemain après-midi, quand je me présentai de nouveau chez Galil, Gaëlle m'attendait. Elle ouvrit la porte elle-même et, après le baiser de retrouvailles, me dit tout de suite :

— Elle est là !

J'avais compris, mais cela me porta un tel coup que je murmurai :

— Qui ça ?

— La femme aveugle... Yolande. Une femme douce, paisible, qui paraît un peu... simple d'esprit. Ne prétend-elle pas qu'elle a déjà pardonné à celui qui lui a fait perdre la vue ?

— Vraiment ? Elle dit ça ?

— Oui. Mais ni mon oncle ni ses amis ne sont prêts à pardonner, eux ! Et c'est pourquoi, quand tu le voudras, je te conduirai devant elle. Elle te fournira des précisions au sujet de la voix de l'agresseur.

— Le professeur est-il là ?

— Non. Il est à une réunion.

Cette « réunion » concernait probablement l'activité des Scientistes et se tenait à leur Refuge. C'était une chance pour moi : quand Yolande m'accuserait, Gaëlle serait seule à l'entendre... et peut-être arriverai-je à la persuader de ce que cette femme était folle. Ne la tenait-elle pas déjà pour une simple d'esprit ?

Si je n'y parvenais pas... eh bien, il faudrait éteindre Gaëlle et l'autre. Ou alors abandonner Gaëlle et me placer sous l'aile de Josiah... Je prendrais ma décision au dernier moment, comme de coutume.

— Veux-tu lui parler tout de suite ? demanda Gaëlle.

Elle ne remarqua pas que ma main s'était refermée sur l'aveugleur, à ma ceinture, puis lâchait l'arme aussitôt. J'étais stupide. Nos aveugleurs sont sans effet sur les yeux exceptionnels, tels que les miens ou ceux de Gaëlle (du moins quand je ne porte pas mes lunettes). Quant à Yolande... Comment aveugler une aveugle ? Le cas échéant, la matraque suffirait.

— Allons-y, dis-je.

Je réfléchissais à toute vitesse. Ménager Gaëlle et m'enfuir près de Josiah, lançant ainsi les Scientistes à mes trousses sans que j'aie pris la mesure de leurs possibilités ? Inquiétant, car je n'avais pas perdu le souvenir de cette minuscule fléchette plantée dans mon cou et qui m'avait réduit à l'impuissance. S'ils disposaient de plusieurs inventions de ce genre, et peut-être beaucoup plus efficaces, je ne devinais pas comment les Noirs pourraient lutter contre eux. Nous possédions un arsenal d'armes blanches, certes... mais que peut une dague devant une arme telle que celle qu'avait utilisée Gaëlle contre moi ?

Alors, éteindre Gaëlle et l'aveugle, et abuser Galil en déclarant que j'ignorais tout du drame, que je n'étais pas venu cette après-midi là ? Galil, fou de colère, m'apprendrait alors ce que je voulais savoir...

*
* *

... Aussitôt que je revis la jeune femme, je me demandais pourquoi je ne l'avais pas reconnue plus tôt. Il est vrai que je m'étais occupé surtout de Coper et des étudiants.

Mais il n'y avait pas de doute : c'était bien Yolande, que j'avais connue avant d'entrer à l'Ecole des Noirs.

Elle était assise près d'une fenêtre, mains sur les genoux. Je dois rappeler que, même près d'une grande baie vitrée, un être normal ne voit guère qu'à deux ou trois pas. Yolande, elle ne voyait rien. Plus rien.

Par ma faute. Tout de suite, je me demandai si j'aurais agi comme je l'avais fait dans le cas où je l'aurais reconnue là-bas. La réponse était « oui », mais du bout des lèvres si je puis dire, pas du plus profond de moi-même.

(Allons, Micaël !... Tu es presque décidé à l'éteindre ! Pas de sensiblerie. Tu es un Noir, un officier, le probable successeur de Josiah... Oui, mais si elle te reconnaît il faut aussi que tu éteignes Gaëlle. Et alors ? Tu n'aimes pas Gaëlle, n'est-ce pas ? Pas plus que Yolande. *« Noir, joue avec les femmes... »*. Oui, oui. Mais Gaëlle... Gaëlle qui a les mêmes yeux que moi, Gaëlle qui connaît les couleurs, et avec laquelle je peux discuter de ce que ne voient pas les autres... Si je l'éteins, avec qui discuterai-je de ces merveilles ?)

— Bonjour, dis-je.

Exactement comme si je sautais dans un abîme.

Elle répondit avec indifférence :

— Bonjour.

Mon cœur se décontracta. Qui sait ? Galil n'avait-il pas été abusé ? Avait-elle vraiment entendu l'officier noir qui lançait des ordres ?

— Madame, fit Gaëlle, le jeune officier qui vous parle peut démasquer le coupable si vous lui exposez dans le détail tout ce que vous avez remarqué dans la voix, dans l'accent de celui qui dirigeait les Noirs qui vous ont agressée.

Chère Gaëlle ! Elle aurait dû passer à la télé à la place du Général-Délégué. Elle s'exprimait mieux que lui. Je fonçai :

— Oui, si vous me donnez les caractéristiques de la voix et de l'accent, fis-je je crois que je pourrai...

— Micaël ! dit-elle.

Elle ouvrait les yeux tout grands, comme si... elle voyait ! Effarée. Puis tout à coup souriante :

— Micaël ! C'est donc toi !

Il n'y aurait pas eu le sourire que je l'aurais éteinte. « C'est donc toi ! ne signifiait-il pas : « C'est toi qui dirigeais les Noirs » ? Mais le sourire ? Pourquoi le sourire ?

Elle tendit les bras vers moi :

— Micaël, je suis si heureuse de te retrouver !

— Moi aussi, Yolande, fis-je, la gorge un peu sèche.

— C'est fantastique, murmura-t-elle. Ta voix a très peu changé. Je l'aurais reconnue entre mille.

Je suais. Gaëlle, stupéfaite, demanda :

— Vous vous connaissiez donc ?

— Oui, dis-je. Nous sommes camarades d'enfance.

On était plus que ça, mais Gaëlle n'avait pas à le savoir.

— Extraordinaire ! Et, Micaël, tu l'as remarqué, elle a su que c'était toi après quelques mots seulement !

— Je reconnaîtrais n'importe où la voix de Micaël, affirma Yolande.

Elle ne souriait plus. J'avais posé ma main sur la matraque. (Nous y voici. Elle va dire : « C'était lui ». Gaëlle va écarquiller les yeux, me regarder, demander une confirmation... « C'était lui, je ne peux en douter ! ». Alors, qu'est-ce que je fais ? Je m'enfuis pour retrouver Josiah, ou bien je les éteins toutes deux ? Sais pas encore. Deux, trois secondes...)

— Ainsi, Micaël, reprit Yolande paisible, tu es sorti de l'Ecole des Noirs ? Tu es lieutenant, n'est-ce pas ?

— Oui... Comment le sais-tu ?

Certains sortaient sous-officiers, s'ils ne pouvaient dérayer ni voir à trois Vues. Yolande souriait de nouveau :

— Je n'en ai jamais douté, Micaël. Oh, je te connais bien ! Tu dépassais tous les autres quand il s'agissait d'étudier ou de réfléchir. Je savais que tu ne resterais pas pendant longtemps parmi nous.

— Parmi nous ? Que veux-tu dire ?

Je lui parlais avec appréhension, redoutant à chaque syllabe qu'elle ne s'exclamât « C'est lui qui a fait éteindre Coper et les étudiants ! ». Sa voix, en quelques années, était devenue grave, presque maternelle, et sa Lumière me paraissait plus vigoureuse qu'autrefois.

— Je savais que tu étais destiné aux sommets, Micaël.

Je l'ai su dès que je t'ai rencontré. Je ne le montrais pas... Tu ne voulais pas qu'on le sache, c'était évident. Je le savais... et j'essayais de te rendre jaloux... parce que je ne voulais pas te perdre.

Insensé. C'était le mot : insensé. Pas une allusion à mon attaque contre Coper et les étudiants ! Et pourtant elle avait reconnu ma voix dès les premiers mots ! Une sorte de déclic se déclencha en moi. Etait-il possible que Yolande m'ait aimé, dans le sens que donnaient à ce mot les ouvrages des Ancêtres ?

— Micaël, fit Gaëlle avec sévérité, nous perdons du temps. Demande-lui l'essentiel.

Jalouse ! Elle était jalouse de Yolande... d'une aveugle ! C'est ça, les femmes. L'Ecole nous avait mis en garde : elles exigent qu'on leur réserve tout, même les plus infimes détails.

Mais moi (n'importe qui à ma place n'eût-il pas réagi comme moi ?) je me demandais toujours comment interroger Yolande ! Puisqu'elle venait de m'identifier à la voix, elle l'avait évidemment fait aussi là-bas quand j'étais intervenu avec mes Noirs !

Alors, pourquoi ne me dénonçait-elle pas ? Pourquoi ce sourire ?

Elle commença :

— Oui, Micaël, j'ai toujours su que...

Mais Gaëlle tranchait, sévère (Gaëlle jalouse, ça me plaisait !) :

— Nous perdons du temps, mon amie. Expliquez d'abord à Micaël les caractéristiques de la voix que vous avez entendue...

Et, du bout des lèvres :

— Ensuite, vous disposerez de tout le temps voulu pour vous remémorer votre jeunesse.

— Si vous voulez, murmura Yolande.

Je n'en croyais pas mes oreilles. Toute tranquille, elle commença à me décrire la Voix. D'après ce qu'elle déclarait, celle-ci n'avait aucun rapport avec la mienne. D'ailleurs, Yolande se reférait parfois à la mienne pour préciser que l'autre était plus aiguë, désagréable.

Elle parla pendant deux ou trois minutes, puis conclut :

— C'est tout ce dont je me souviens.

Gaëlle m'interrogeait du regard, puis, comme je ne répondais pas :

— Cela te suggère-t-il quelque chose, mon chéri ?

Elle avait dit « mon chéri » à dessein, pour Yolande. Je secouai la tête. Comment cela m'eût-il suggéré un nom ou un visage, puisque c'était purement imaginaire ?

— Peut-être, à la réflexion... D'ailleurs, je ne connais pas encore tous les officiers. Il me faudra un peu de temps pour repérer celui-là.

— Tu auras tout le temps nécessaire, répliqua Gaëlle. Mais il faut que tu le démasques ! Il faut qu'il paie.

Puis, sarcastique :

— Je vous laisse seuls... Le temps de savoir si mon oncle est revenu.

Faux prétexte. Galil était certainement encore à sa réunion. Elle sortit, et une minute plus tard je la vis dans le jardin, qui flânait.

— Est-elle partie ? souffla Yolande.

— Oui. Je... Je veux te dire... que là-bas, je ne t'avais pas reconnue. Sans quoi, tu comprends bien que...

— Aucune importance, fit-elle, paisible. Tu sais bien que, pour moi, ça ne change rien.

— Comment cela ? Sans moi, tu ne serais pas aveugle !

Bien qu'elle ne me vît pas, elle tourna vers moi ses yeux morts.

— Ainsi, dit-elle doucement, c'était bien ce que j'avais supposé. Ils t'ont menti... comme à moi. Ils t'ont raconté que, si j'étais aveugle, c'était par la faute des Noirs ? Ils mentent, ils mentent toujours !

J'écoutais, fasciné.

— N'as-tu pas entendu, Micaël, ce que te criait le chirurgien quand tu es intervenu ? « Elle *restera* aveugle ! ». Comprends-tu ?

— Tu l'étais déjà ? fis-je, stupéfait.

— Oui, je l'étais ! Depuis plus de deux ans, et par leur faute ! Par la faute de ce même chirurgien qui prétendait réussir cette fois ! Oh, Micaël, Micaël...

Voir couler les larmes de deux yeux éteints, c'est quelque chose, même pour un Noir.

— Je les hais ! reprit-elle à mi-voix. Il y avait longtemps que j'avais repéré ta vision exceptionnelle... Tu ne te méfiais guère de moi, n'est-ce pas ? Je ne suis qu'une pauvre gourde, mais tout de même parfois... tu te comportais de façon si différente des autres... Tu étais parti à l'Ecole des Noirs. Le hasard a voulu que je remplace la femme de ménage du professeur Coper. J'ignore comment il a compris que je brûlais d'envie de mieux voir... de voir aussi bien que toi ! Il m'a offert de m'opérer afin de me donner des yeux comparables aux tiens.

— Eh bien, mais... tu n'étais pas aveugle ?

Elle rit doucement, d'un pauvre rire douloureux :

— Non, fit-elle. Mais, je te l'ai dit déjà, c'était il y a deux ans. Et quand Coper eut terminé son opération, je l'étais... aveugle. Il avait essayé une nouvelle technique dont il attendait beaucoup... Et, évidemment, je n'étais qu'une femme de ménage.

J'écoutais avec stupeur. Je commençais à comprendre pourquoi Yolande ne m'avait pas dénoncé.

— Mais ensuite ? murmurai-je. Mon intervention... la seconde fois ?

Toujours le même rire douloureux.

— La seconde fois ! D'avance, je savais que cela échouerait. La technique n'était pas au point. Je le savais. Ce Coper était un homme dur, impitoyable dès qu'il s'agissait de ses expériences. Il voulait tenter l'opération sur moi, mais les étudiants... ils ne prenaient pas garde à moi, n'est-ce pas ? On a toujours tendance à supposer qu'une aveugle est sourde !... ne se gênaient pas pour déclarer qu'il n'y avait qu'une chance de réussite sur cent... et quatre vingt dix neuf pour que les conséquences m'éteignent définitivement.

Sa voix s'affermissait.

— Je veux que tu comprennes tout, Micaël. Coper ne m'a pas demandé mon avis. J'aurais refusé. Je ne veux pas mourir ! Même aveugle, je veux vivre. Je suis trop jeune ! Peut-être un autre chirurgien, plus tard... qui sait ? Bref, il m'a droguée, et sans toi, Micaël, je serais définitivement éteinte. Comprends-tu pourquoi je ne t'ai pas dénoncé ? Je les hais ! Tu étais là-bas pour le compte des Noirs. Tu es ici... Donc, tu les attires dans un piège. Et moi je veux t'aider, Micaël, t'aider à les briser car, si on les laisse agir à leur guise, ils bouleverseront tout ce que j'ai connu. Tout ce dont je me souviens. Ne l'oublie pas, Micaël, je ne vois plus que dans ma mémoire.

L'idée fulgura en moi. Pauvre Yolande ! Qu'avait-elle connu du monde avec ses yeux « normaux » ? Rien... Rien au-delà de deux ou trois pas ! Et elle s'attachait à ça !

— Je sais, Micaël, reprit-elle avec douceur. Je devine ce que tu penses. Mais pour aussi peu que j'aie vu autrefois, j'y tiens. Et comme j'aimerais revenir en ce temps-là ! Je suis un des seuls êtres humains au monde à me rendre compte de ce que ça donne quand on démolit sans rien mettre à la place.

— Yolande ! Allons, calme-toi !

Elle ne m'entendait pas.

— Eux, les Scientistes, prétendent réformer le monde par leur science. Et voilà, pour moi comme pour beaucoup d'autres, ce que ça a donné. Ça donnera, je le crains la même chose pour tout le reste. Je les hais. Je t'aiderai autant que je pourrai le faire, Micaël. Il faut les briser.

Elle tenait mes deux mains dans les siennes. A tâtons, elle avait fini par les trouver.

— Micaël ! Si tu savais ce qu'ils veulent faire ! Ce serait la fin du monde ! Donner à certains les yeux des Ancêtres et, grâce à eux, faire circuler d'énormes engins sur ce qu'ils nomment des « routes »!... Créer des usines... Non pas comme celles où l'on fabrique les piles pour les télés, ou d'autres qui n'emploient jamais qu'une dizaine d'ouvriers, mais de monstrueuses usines, utilisant des milliers d'humains courbés sur leur tâche comme s'ils étaient liés à elle par une corde passée autour du cou ! Ils veulent aussi... Oh, je ne sais pas ! Je n'ai pas tout compris ! Mais tout cela sans aucune certitude ! Ils veulent tout démolir sans savoir comment ils reconstruiront... Comme mes yeux, Micaël, comme mes yeux qu'ils ont éteint ! Je ne veux pas de ça ! Ce serait la fin de tout... comme pour moi !

Elle tremblait. Je caressai ses cheveux.

— Ne t'inquiète pas, Yolande. Je m'occupe de tout

ça. Le monde, notre monde, celui auquel nous sommes habitués, ne changera pas.

— Mais, Micaël, ils sont...

— Tais-toi, fis-je. Et lâche mes mains. Voilà Gaëlle qui revient.

CHAPITRE 10

Les semaines, les mois, coulèrent. Avec l'aide nonchalante de Yolande l'aveugle, j'accumulais toute la documentation possible sur les Scientistes. Je l'accumulais en moi-même, bien sûr, et non sur des « fiches » comme le faisait Josiah. Pas si bête. Encore un point sur lequel je lui étais supérieur : la mémoire.

Entre temps, j'avais reçu les galons de capitaine et Josiah m'avait choisi comme Chef-adjoint, par-dessus la tête de plusieurs commandants qui aspiraient à ce poste. Il n'y eut d'ailleurs pas la moindre protestation (c'était préférable pour eux) et c'est, je crois, en toute sincérité que ces éliminés vinrent féliciter l'étoile qui montait. Car ils ne s'y trompaient pas : j'avais le vent en poupe.

Josiah tenait donc ses promesses. Il se montrait très amical envers moi. Dès l'abord, il fut entendu que, le matin on me mettrait au courant des diverses tâches dévolues à l'Etat-Major des Noirs, alors que l'après-midi j'aurais tout loisir de fréquenter Galil, sa nièce et les Scientistes.

De ce côté-là, j'eus d'ailleurs quelque peine à imaginer, à l'intention du professeur, une raison plausible expliquant ma rapide ascension. Je m'en tirai en le remerciant avec chaleur de « tout ce qu'il avait fait pour moi » et en m'extasiant devant les appuis dont il disposait pour faire nommer à un tel poste un débutant tel que moi. Car, à m'en croire, je ne devais cette faveur qu'à lui.

Cela réussit toujours. Quand un homme vous promet d'intervenir en votre faveur, et que la chance vous favorise, même s'il ne l'a pas fait répandez-vous en remerciements : il se coupera en morceaux pour vous à la prochaine occasion.

Galil m'écouta en hochant la tête, l'air un peu surpris, et je devinais qu'il pensait : « Parmi les trois ou quatre amis que j'ai alertés afin de favoriser l'avancement de ce bon Micaël, quel est donc celui qui possède une telle influence ? Je ne m'en doutais pas. Faire inscrire Micaël au tableau d'avancement, facile... encore qu'il n'ait rien réalisé, du point de vue des Noirs. Mais faire de lui, qui sort à peine de l'Ecole, l'adjoint au Chef d'Etat-Major des Noirs ! Hum, hum... Il y a parmi nous quelqu'un qui nous cache son influence. Espérerait-il prendre la tête de notre mouvement et s'imposer au lieu de la Direction collégiale que nous avons prévue ? ».

Oui, j'étais sûr qu'il pensait ainsi. Il m'avait parfois parlé de cette Direction collégiale, dans laquelle les Scientistes mettaient tous leurs espoirs, et qui remplacerait le Général-Délégué.

Pour savants qu'ils fussent, ces hommes étaient stupides. Essayez donc de remplacer un simple officier Noir par une « direction collégiale », et vous verrez ce que deviendra la discipline, et par conséquent l'efficacité !

Dix, cinq, ou même trois dirigeants ne parviendront jamais à s'entendre, sauf si l'un d'eux prend le pas sur les autres, et il en a toujours été ainsi, et il en sera toujours ainsi tant que l'homme sera l'homme.

Quoi qu'il en soit, Galil avait admis que je devais mon avancement à son intervention, et cela le rapprocha de moi. Pour lui, j'étais désormais « sa créature ». Pauvre vieux ! Qui écrivait autrefois : « Je vous ai sauvé la vie, je ne l'oublierai jamais » ?

Pour Yolande, il fut plus difficile de lui faire prendre patience. Chaque fois que nous étions seuls elle grognait :

— Pourquoi n'agis-tu pas ? Pourquoi ce temps perdu ?

Je répondais :

— Pourquoi ? Parce que je veux leur briser les reins définitivement. Qu'ils ne puissent jamais renouveler leur tentative de modifier notre monde.

J'ajoutais sur un ton affectueux :

— Et je cherche aussi, Yolande... je cherche le meilleur d'entre les meilleurs. Celui qui pourra vraiment te rendre la vue. Coper n'était qu'un incapable mais, crois-moi, plus je pénètre leurs secrets, plus j'en suis convaincu : un jour, tu verras de nouveau... au moins aussi bien qu'autrefois. Je veux les écraser tous, sauf celui qui pourra accomplir cette sorte de miracle.

Pauvre Yolande ! Elle y croyait...

*
* *

Peu à peu, j'obtenais des précisions, car la défiance se

relâchait. Si j'avais été un traître, n'est-ce pas, voilà longtemps que je les aurais dénoncés ! Et ces précisions s'ordonnaient dans ma tête, non seulement quant aux Scientistes, mais encore au sujet du Général-Délégué et même de Josiah.

Je savais désormais, avec certitude, que le Général-Délégué, qui souffrait d'un mal incurable, était condamné. Il n'en avait plus guère que pour trois ans. Et encore !

Et je me rongeais d'inquiétude. Trois ans ! Même en bénéficiant de l'aide de Josiah, je serais à peine commandant ! Or le Chef d'Etat-Major des Noirs était colonel. Obligatoirement. Quelle que soit l'influence de Josiah, il ne pouvait me hisser en deux ans de capitaine à colonel ! Je dis deux ans, car, pour présenter sa candidature devant la *runte,* il devait abandonner l'Etat-Major des Noirs un an au moins avant la disparition de l'actuel Général-Délégué.

Au début, je lui en avais parlé. Il m'avait frappé sur l'épaule en riant :

— Sois tranquille, Micaël. Quand je promets, je tiens.

Vite dit ! Mais c'est que je n'étais pas tranquille ! De nouveau, j'éprouvais une désagréable sensation : il se jouait de moi et misait sur ma jeunesse. Il comptait sur moi pour lui assurer l'appui de Galil à la *runte* (à la réflexion il avait renoncé pour l'instant à rencontrer le professeur) ainsi que pour l'informer des possibilités des Scientistes. Mais, j'en étais persuadé, même s'il était élu Général Délégué, il ne tiendrait pas sa promesse à mon égard.

Parce qu'en vérité *il avait peur de moi.* N'étais-je pas son égal, comme il l'avait affirmé ? En réalité, je lui étais supérieur sur bien des points... et peut-être s'en doutait-il ! Un colonel Micaël, Chef des Noirs, ce serait trop dangereux.

Ici, j'anticipe un peu. Je me trompais du tout au tout. Josiah était parfaitement décidé à me placer à la tête des Noirs, car c'était le meilleur moyen pour me neutraliser, pour me briser les ailes.

Une seule chose comptait pour les Noirs : la Tradition. Et celle-ci s'opposait à ce que le colonel des Noirs devînt Général-Délégué. Je l'avais oublié. Certes, j'eusse pu, comme Josiah allait le faire, abandonner ce commandement. Mais les circonstances actuelles ne se reproduiraient assurément pas. Rien ne m'avertirait que le Général-Délégué allait disparaître dans un délai de deux ou trois ans. Et si je renonçais à l'Etat-Major des Noirs, je pouvais faire confiance à Josiah : il devinerait ce que ça signifiait !

Donc, en m'offrant ce commandement, il me rognait les ailes. Mais cela, je ne le compris pas tout de suite.

*
* *

... Du côté des Scientistes, j'avançais lentement, en tâtant le terrain. Ils ne se livraient guère, surtout parce que je portais toujours l'uniforme et le casque des Noirs. Mais comment agir autrement ? Ma Lumière s'était encore amplifiée, et j'ignorais si, sans casque, je parviendrais à la neutraliser pendant longtemps comme autrefois.

Leurs possibilités n'étaient pas négligeables, mais insuffisantes, à mon sens pour leur permettre de balayer les Noirs, Josiah, et le Général-Délégué. Ils l'avaient compris, aussi préféraient-ils, par la voie de la *runte* où ils disposaient de certains appuis, atermoyer jusqu'à l'élection d'un nouveau Général-Délégué à leur dévotion.

De nouveau, j'étais plongé dans l'incertitude. Josiah devait quitter l'Etat Major un an au moins avant la disparition de l'actuel Général-Délégué... c'est dire qu'il devait se hâter !

Et je n'étais que capitaine ! On ne pouvait tout de même pas m'accorder coup sur coup trois promotions injustifiées ! Les Noirs, qui tenaient aux Traditions, ne me l'eussent pas pardonné.

Au fait, n'était-ce pas l'idée subtile de Josiah ?

Primo : Il quitte l'Etat-Major des Noirs pour prendre un poste de tout repos où son grade de colonel lui vaudra une place à la *runte.*

Secundo : Dès cet instant, il n'a plus aucun pouvoir pour m'accorder un avancement ultra-rapide... Mais il possède encore assez d'influence sur le Général-Délégué actuel pour que ce dernier me l'accorde, cet avancement, et, à la faveur d'un passe-droit qui fera hurler tous les Noirs, me nomme à la place de Josiah. Celui-ci n'aura rien à voir en principe là-dedans et sera toujours aussi sympathique aux yeux de ses anciens sous-ordres.

Tertio : Oui, mais moi ? Moi, je serai le colonel Micaël, « qui a grimpé en trois ans tous les échelons de la hiérarchie », mais je ne pourrai compter sur les Noirs que je dirigerai, car ils ne me le pardonneront jamais.

Et donc, adieu mes ailes ! Comment connaître la pensée profonde de Josiah ?

Interlude

D'où venaient-ils, de quel pays lointain d'où, depuis des siècles, nul n'était jamais revenu ?

Et comment eussent-ils retrouvé le chemin du retour, ces explorateurs qui ne voyaient qu'à trois pas ?

Depuis la Grande Catastrophe, on ne savait plus rien du Monde extérieur. Les aiguilles aimantées utilisées par les Ancêtres étaient devenues folles. Les étoiles, sur lesquelles certains navigateurs d'autrefois avaient réglé leur marche, n'étaient plus qu'un souvenir de légende. Même le disque du soleil n'apparaissait que de temps à autre, par temps très clair, et sous forme d'une vague clarté grisâtre.

De sorte que, lorsqu'on s'écartait de la zone où l'on avait coutume de vivre et dont on connaissait chaque maison, chaque arbre, chaque danger, on en était réduit à suivre les sentiers mal entretenus sur lesquels cahotaient les carrioles de livraison.

Ces sentiers enveloppaient la Ville d'une sorte de fine

dentelle, si bien que la cité ressemblait à une araignée blottie au milieu de sa toile. Et c'était tout comme une araignée, attendant la nourriture qu'on lui apportait des champs qui l'entouraient. Sans la campagne, la Ville n'eût pu vivre. Sans elle, ceux des champs eussent parfaitement vécu... mais par bonheur les Noirs étaient là pour les contraindre.

Combien d'habitants dans l'agglomération ? Quelques dizaines de milliers. Pour les nourrir, moitié moins de paysans qui tiraient eux-mêmes de rustiques charrues à soc de bois dur. Le métal était rare, on le réservait à d'autres usages, et par exemple aux armes des Noirs.

A une dizaine de kilomètres de la Ville, parce qu'on avait depuis des siècles cessé de défricher plus loin, s'étendait la forêt. Certains audacieux s'y étaient engagés parfois afin d'apprendre enfin ce qu'il y avait au-delà, et l'on avait même, autrefois, envoyé de véritables expéditions.

On n'avait jamais revu aucun de ces téméraires. Pourtant, pourtant, les Flamboyants ne pouvaient venir que de la forêt. Mais quand, par extraordinaire, on les interrogeait avant de les éteindre, ils avaient un triste sourire et répondaient tous à peu près la même chose :

— Mon pays (certains disaient « mon royaume ») n'est pas de ce monde.

Existait-il donc d'autres mondes, d'autres pays ?

L'homme, sauf rares exceptions, se crée un univers particulier dont les limites sont fixées par ses sens, et singulièrement par la Vue. Un aveugle vit pratiquement en vase clos, et il serait cynique d'offrir à l'un d'eux une croisière autour du monde afin d'admirer les Pyramides ou le Grand Canyon. Un sourd n'entreprendra pas un long voyage pour aller au Festival de Bayreuth, et un unijambiste ne pratique guère la course à pied.

C'est pourquoi, depuis des siècles, les humains soumis à l'autorité du Général Délégué n'avaient pas quitté leur microcosme. Ne voyant qu'à deux ou trois pas, parcourir plusieurs kilomètres représentait pour eux une difficile aventure.

Certes, des esprits non coformistes avaient prétendu, de tous temps, qu'au-delà de l'immense forêt, à des semaines, peut-être des mois de marche tâtonnante, existaient d'autres Villes peuplées d'humains.

Une telle affirmation n'était pas du goût des Généraux-Délégués qui s'étaient succédés, et quand un Général-Délégué avait parlé, mieux valait se taire !

Mais cette fois, même le Général-Délégué avait dû reconnaître que les non-conformistes avaient raison, car des envahisseurs avaient surgi de la forêt.

Qui étaient-ils, ces envahisseurs ? A n'en pas douter, des humains semblables à ceux de la Cité, mais des humains privilégiés. Leur champ de vision normale s'étendait à une dizaine de vues, ce qui leur accordait un avantage considérable dans le combat.

Car ils se battaient. Ils détruisaient, ils pillaient, ils violaient.

Que voulaient-ils ? La réponse n'était que trop claire : tout. Eux seuls le savaient, mais ils avaient quitté leur propre microcosme poussés par le désespoir, parce que la population s'y était accrue dans de telles proportions qu'ils ne pouvaient plus y subsister tous.

Chez eux, pas de Général-Délégué pour instaurer une limitation des naissances ou pour interdire d'imaginer qu'au-delà de la forêt vivaient d'autres humains.

De temps à autre, ils avaient tenté de s'évader en

marchant, marchant sans cesse au hasard, et ils avaient découvert d'autres Villes semblables à la leur, mais où l'art de la guerre était fort développé, sans doute parce que ces cités-là vivaient en état de querelle permanente les unes contre les autres.

Ils avaient reflué vers leur Ville d'origine, et des milliers et des milliers étaient morts de faim et de soif dans les bois. D'autres étaient partis, quelques dizaines d'années plus tard, et comme les premiers s'étaient heurtés à des cités plus évoluées que la leur, et comme les premiers n'avaient pu rejoindre leur Ville.

Il y aurait eu, certes, une solution : étendre la surface des champs cultivés et y envoyer les citadins en surnombre. Mais accroître la superficie cultivable supposait d'abord que l'on empiétât sur la forêt... et comment le faire ? En outre, les citadins manifestaient une insurmontable répugnance aux travaux des champs.

Quelques milliers de jeunes étaient donc partis de nouveau à l'aventure. Et cette fois, ils avaient découvert une race humaine qui voyait moins loin qu'eux et qui, circonstance aggravante, ne savaient pas se battre.

Ils s'étaient donc rassemblés là... et il avançaient, lentement, avec une sorte de jouissance, massacrant et pillant, faisant bombance avec les provisions destinées à la Ville.

Et il semblait que rien ne put les arrêter. Certes, leurs armes ne différaient guère de celles des Noirs, et ils ne possédaient même pas d'aveugleurs. Mais à quoi bon ? Le plus déshérité d'entre eux voyait plus loin que le Noir le mieux entraîné. Alors, avant même qu'on ne les aperçut, ils attaquaient.

Leur mode de combat favori était le jet de lourdes pierres. A dix pas, ils faisaient mouche à tout coup.

Comme leurs adversaires ne voyaient guère qu'à deux ou trois pas, on ne pouvait les repérer. Les rares survivants qui avaient pu échapper aux premiers massacres décrivaient des scènes à peine imaginables. Dans le trou de lumière auquel on était accoutumé, des pierres surgissaient, vous frappaient à la tête, à la poitrine, aux bras, jusqu'à ce que vous vous écrouliez, assommé, sans avoir pu esquisser le moindre geste de défense.

A l'entrée de la forêt, le sol était jonché de cadavres.

*
* *

... Ces derniers renseignements furent communiqués à l'Etat-Major des Noirs par des rescapés haletants, quelques heures après l'invasion.

Et aussitôt, après un bref entretien avec le Général-Délégué, le colonel Josiah fit appeler le capitaine Micaël.

CHAPITRE 11

— Ote tes lunettes, Micaël, dit tout de suite Josiah. Tu n'en auras plus besoin désormais.

J'obéis, mais non sans quelques réticences. « Tu n'en auras plus besoin » ! Vite dit. Mais un jour ou l'autre les Noirs constateraient que je voyais beaucoup plus loin qu'eux, et cela me vaudrait certains désagréments...

Josiah, debout près d'une fenêtre, regardait les toits des maisons basses qui se doraient au soleil.

— Ne sois pas stupide, ajouta-t-il. Si tu désires vraiment prendre ma place, il faut que tous les officiers soient convaincus de ta supériorité.

Il eut un petit rire.

— On ne m'a vraiment admis comme Chef que lorsqu'on a constaté que je voyais... à dix ou vingt Vues. Dix à vingt Vues, cela suffit, comprends-tu, car au-delà le réflexe-tradition risquerait de jouer. Donc, tu vois à vingt Vues. Un peu moins que le Général-Délégué, prends-y garde. Un tout petit peu moins que moi, parce qu'il est impensable que tu voies aussi bien que le futur Général-Délégué. D'accord ?

Je laissai tomber mes lunettes sur le parquet et je les écrasai avec ma botte. Josiah l'ignorait, mais je possédais des lunettes de rechange.

Mon geste lui fit plaisir, puisqu'il indiquait que j'avais parfaitement compris et que j'acceptais.

Il me fit alors signe de m'asseoir, et m'exposa longuement que, depuis quelques heures, nous étions envahis par des humains qui, selon toute apparence, voyaient à plus de trois Vues. Un de ses défauts, c'était d'être très long dans ses explications, qui d'ailleurs ne me paraissaient pas toutes très claires. Aussi, je l'interrompis avec quelque impatience :

— Si j'ai bien compris, ils ne disposent pas d'armes extraordinaires, et leur seule supériorité provient de leur vue exceptionnelle ?

— C'est cela.

— Leur Lumière ? Est-elle aussi exceptionnelle ?

Il réfléchit un peu, puis affirma :

— Non, je ne le crois pas, puisque aucun des messagers n'y a fait la moindre allusion. Il est vrai qu'il n'y a eu que très peu de combats au corps à corps... Mais tout de même...

— Sont-ils très nombreux ?

Il eut un geste désabusé :

— Comment le savoir ? Tout ce que j'ai appris, c'est qu'ils ont attaqué sur un front de plusieurs kilomètres... Mais peut-être avancent-ils en ordre dispersé. Probablement plusieurs dizaines.

« Ou plusieurs centaines », pensai-je en époussetant un grain de poussière sur mon uniforme noir.

Lentement, je conclus :

— Dans ces conditions, pour venir à bout de cinquante d'entre eux, il faudra tous les Noirs... cinq cents !... et encore ! Est-ce que le nombre compte quand on se bat en aveugle ? Etre mis hors de combat par des projectiles sans même entrevoir l'ennemi, c'est un suicide.

— Mais toi, Micaël, tu les verras ! Tu pourras les dénombrer ! En choisissant un poste d'observation un peu élevé, tu recueilleras des renseignements d'une incalculable portée !

Je haussai les épaules :

— Et à quoi serviront-ils, ces renseignements ?

— Tu pourras grouper tes cinq cents Noirs et les lancer sur une dizaine d'envahisseurs isolés... Peu à peu, tu les décimeras...

— Mes Noirs, oui, fis-je avec amertume... Oui, c'est mes Noirs qui seront décimés. Josiah, vous m'aviez toujours déclaré que nous devions être d'une absolue franchise l'un envers l'autre. Eh bien, il me paraît évident que, si c'était aussi simple que ça, vous auriez déjà groupé tous les Noirs et vous en auriez pris le commandement, vous dont la vue est aussi bonne que la mienne.

Il sourit amicalement.

— Tu n'es pas sot, Micaël, reconnut-il. Soyons francs. Je suis un opportuniste... comme toi. Dans cette invasion inattendue, je vois pour moi le poste de Général Délégué, et ce sans me soumettre au vote de la *runte*. Pour toi, ma place actuelle.

— Eh bien, pourquoi n'agissez-vous pas ? Il est certain que si vous revenez auréolé du prestige du vainqueur, vous serez triomphalement placé à la tête de la Ville, bien que vous soyiez Chef des Noirs. C'est une chance inespérée pour vous. Pourquoi ne pas en profiter ?

— Parce que, jusqu'à présent, seuls les messagers et nous deux savons que nous sommes envahis, répondit-il avec simplicité. Et que, si je triomphais actuellement, personne n'aurait conscience de l'importance du danger qui nous menace.

— Je vois, murmurai-je.

*
* *

... Et en effet, alors que peu d'instants auparavant je n'avais que dédain pour sa conception simpliste d'une possible intervention des Noirs contre l'envahisseur, je ne pouvais désormais qu'admirer son sens aigu de l'opportunisme... et son manque total de scrupules.

Sur ce point-là, il me battait ! Toujours, j'avais été décidé à fouler aux pieds mes amitiés et mes amours pour accéder à la place qui m'était due. Il allait beaucoup plus loin !

Pour que les Noirs — et les autres — passent outre à la coutume, d'après laquelle le Chef d'Etat-Major ne pouvait être désigné comme Général-Délégué, il ne suffisait pas qu'il accomplît un extraordinaire exploit.

Il fallait aussi que cet exploit fût connu de tous, et que nul n'en doutât. Donc, il convenait que les rustres de la campagne s'affolent, que ceux de la Ville tremblent de peur à la pensée que, bientôt, on mettrait leur cité à feu et à sang.

Pour cela, laisser approcher l'envahisseur... Qu'il pille, qu'il tue, qu'il incendie, qu'importe ? Plus il le fera, plus la peur règnera... et plus l'auréole étincellera sur la tête du Libérateur.

Chez les Ancêtres aussi, certains avaient agi ainsi, sacrifiant quelques milliers d'hommes afin d'accroître le poids de la Victoire.

Mais moi, que devenais-je là-dedans ? Si j'avais bien compris, il comptait sur moi pour lui communiquer des renseignements précis quant au nombre des envahisseurs et à leur façon de combattre. Il ne me demandait nullement de les arrêter, bien au contraire.

Après quoi, il interviendrait avec les Noirs, et repousserait l'invasion. Repousserait... heu... Etait-ce bien certain ?

Il dut comprendre que j'hésitais, car il reprit :

— Nous n'avons qu'une solution, Micaël, une seule : attaquer avec les Noirs. Autant vaut les disperser le moins possible, et donc n'engager le véritable combat qu'aux abords de la Ville. Mais, pour savoir à quoi m'en tenir, j'ai besoin de tes yeux.

Du poing, il frappa sur la table :

— Tu te demandes encore, ma parole, pourquoi je n'y vais pas moi-même ! Oublies-tu que tout va se passer en quelques jours, voire en quelques heures ? Et le Général-Délégué est toujours en fonctions ! Diminué mentalement et physiquement, certes... mais qui le sait sinon nous ? Eh bien, je veux qu'en quelques heures, avec le secours de la télé, la population tout entière apprenne qu'elle n'a plus à sa tête qu'un fantoche, incapable d'arrêter l'invasion. C'est de cela que je vais m'occuper, et ensuite tout sera si simple !

Je hochai la tête.

— Très bien, fis-je. D'accord. J'y vais.

Je lui faisais confiance sur ce point : dans quelques heures, l'image de marque du Général-Délégué serait ternie, et tout le monde saurait que nous étions envahis.

Mais une idée trottinait dans ma tête. Sans aucun doute, après la mise en condition à laquelle Josiah allait procéder, celui qui repousserait l'envahisseur deviendrait un « héros national » et pourrait prétendre aux plus hautes fonctions, *quel que soit son grade.* Même s'il n'était que capitaine...

Pourquoi laisser à Josiah la plus belle part du gâteau ? Si moi, Micaël, après avoir laissé sacrifier quelques centaines de paysans (le temps d'épouvanter la Ville...) si moi, Micaël, je les chassais, ces envahisseurs venus de la forêt ?

Balayé, Josiah. Plus aucune chance, d'autant plus qu'il était encore Chef d'Etat-Major et que les Noirs tenaient aux traditions.

Le malheur, c'était que les Noirs ne me suivraient pas sans un ordre de Josiah. Je n'étais pas encore grand-chose pour eux : un tout jeune capitaine...

Pourtant, j'entrevoyais là une de ces occasions qui ne se reproduisent pas deux fois dans la vie d'un homme. Pour devenir un « héros national », je devais vaincre l'envahisseur. Or, je ne pouvais compter sur les Noirs, seule force organisée.

Mais pourquoi ne solliciterais-je pas l'aide des Scientistes ? Je commençais à comprendre qu'ils étaient beaucoup plus dangereux que ne le supposait Josiah. C'est pourquoi, après avoir quitté ce dernier, j'allai tout droit chez le professeur Galil. Cette fois, ce n'était pas pour sa nièce Gaëlle, qui d'ailleurs n'était pas au logis.

*
* *

... Et je ne pus même pas lui demander son aide : il ne

m'en laissa pas le temps. J'aurais dû m'en douter. *Il me tint le même raisonnement que Josiah.*

Dès qu'il sut que nous étions envahis par des inconnus, ses yeux flambèrent et il prit mes deux mains dans les siennes. (Depuis quelque temps il jouait au protecteur, ce qui m'irritait).

Le plus extraordinaire, c'est que sa pensée s'enroula exactement comme celle de Josiah.

Primo: Il y avait là un merveilleux moyen de prendre le pouvoir... c'est-à-dire de le donner aux Scientistes : vaincre l'envahisseur. Les vainqueurs seraient des héros qui prendraient en mains les destinées du pays.

Secundo: C'était encore trop tôt, il convenait que le peuple, et surtout la Ville, apprenne l'immensité du péril qui le menaçait. Pour cela, attendre que l'invasion atteigne presque les portes de la cité.

J'étais assis, détendu, et il n'avait pas pris garde au fait que je ne portais plus mes lunettes. Je demandai doucement :

— Comment espérez-vous vaincre des centaines, peut-être des milliers d'hommes qui voient à dix Vues ?

Il éclata de rire.

— Au Refuge, mon cher Micaël, nous disposons d'armes nouvelles assez puissantes pour détruire en quelques minutes la Ville tout entière ! Nous ne les avons pas utilisées encore, il est vrai, mais...

— Pourquoi ne pas les avoir utilisées ?

Il se mit à rire.

— De telles questions prouvent que vous êtes encore trop jeune, Micaël. C'est un peu comme si vous demandiez : « Pourquoi ne pas écraser un fruit bien mûr et délectable juste avant de le manger ? ». Ce serait stupide de détruire la Ville alors qu'elle tombera entre nos mains... comme un fruit bien mûr.

J'enregistrai en silence, mais je n'eus pas le temps de répliquer car il reprenait, pensif :

— Oui, quand le peuple saura que nous, Scientistes, avons chassé les envahisseurs alors que les Noirs n'y parvenaient pas, le Général-Délégué devra nous laisser sa place, bon gré mal gré.

— Comme vous y allez ! objectai-je. Rien ne prouve que les Noirs ne triompheront pas.

Il secoua la tête :

— Vous n'exprimez pas ce que vous pensez, Micaël. Aussi bien que moi, vous savez que seuls certains Noirs peuvent voir à trois Vues... et pas pendant longtemps. Si vraiment les autres voient à dix Vues, les Noirs n'ont aucune chance. Alors que chez nous, grâce à certains dont les yeux valent les vôtres, nous pouvons neutraliser l'invasion à plus de cent, voire deux cents Vues, et sans nous approcher de l'ennemi !

J'avais baissé la tête. Je ne voulais pas qu'il lise dans mon regard l'inquiétude qui naissait en moi. Ces armes nouvelles des Scientistes étaient-elles vraiment si puissantes ? Mais alors, si je me heurtais à eux — et comment ne pas me heurter à eux si je ne leur obéissais pas ? — j'étais vaincu d'avance !

— Je vais rassembler nos amis, conclut-il, et tout préparer.

— Au Refuge ?

— Bien entendu ! Mais il est encore trop tôt pour agir. L'ennui, c'est que nous ne disposons d'aucun moyen pour alerter la population, pour l'inquiéter, pour lui suggérer que seul un miracle peut la sauver !

— Oh, pour ça, fis-je à voix basse, comptez sur

Josiah ! Il s'en occupe. Car, comme vous, il attend beaucoup de cette invasion.

— Josiah nous gêne depuis pas mal de temps, fit-il, menaçant. Mais nous le ménagerons encore un peu puisqu'il se charge d'affoler la population. Nous attendrons que les envahisseurs ne soient qu'à quelques centaines de mètres du Refuge, et là... fini pour eux !

— La campagne sera ravagée ! murmurai-je. Il y aura des centaines de morts !

— Bah ! Des paysans ! fit-il en haussant les épaules.

A quelques mots près, exactement le raisonnement de Josiah... et le mien.

CHAPITRE 12

J'étais un dieu. Seuls les dieux peuvent prendre conscience d'une telle supériorité. Car cette fois j'étais seul au monde à englober d'un seul coup d'œil tout le champ de bataille. Josiah, Galil ou Gaëlle eussent pu le faire... ils n'étaient pas là. J'occupais la place d'un dieu !

Mais pouvait-on parler de « bataille » ? Une tuerie, voilà ce que ç'avait été.

La journée était belle. Quelques nuages dans le ciel mais, même lorsqu'ils obscurcissaient le soleil, je voyais encore jusqu'à la forêt, à plusieurs kilomètres. La colline sur laquelle j'étais monté (1) dominait toute la campagne avoisinante. Certains prétendaient qu'elle était faite de vieux ossements entassés, derniers vestiges des guerres des Ancêtres.

Ce qui me frappa tout de suite, comme toujours

(1) Dans ce microcosme, Micaël ne possédait aucun point de comparaison géographique, et nommait « colline » une butte haute de quelques dizaines de mètres.

quand je ne porte pas mes lunettes, ce fut les couleurs. La forêt était bleue — d'un bleu-sapin, très différent de celui du ciel. Les champs, jaunes ou verts. Jaunes où les céréales n'avaient pas encore été récoltées, verts sur les cultures de légumes.

Et seul au monde, pour l'instant, je discernais ces couleurs ! Pour les autres il n'y avait aucune différence entre une laitue et un épi de blé. Oui, j'avais vraiment l'impression d'être un dieu.

Les nuages, cependant, s'épaississaient à l'ouest, et je fis la grimace. Si par malheur il pleuvait, je perdrais tout de ma supériorité actuelle, et le dieu descendrait de son piédestal. Dans les rafales de pluie, je ne vois guère mieux que certains Noirs.

Il est vrai que les envahisseurs seraient logés à même enseigne, ce qui égaliserait les chances. Peut-être, après tout, la pluie était-elle souhaitable.

Les envahisseurs ! Ils étaient là, à un kilomètre à peine. Ils s'étaient rassemblés par groupes près des fermes, et ils avaient allumé de grands feux. Plus tard, j'appris qu'ils faisaient bombance.

C'était la coutume chez eux car, jusqu'alors, toutes leurs tentatives d'invasion s'étaient soldées par des échecs, et partout, après quelques heures d'occupation, ils avaient été refoulés dans la forêt. Aussi profitaient-ils de leur mieux de ces quelques heures...

J'eus vite fait de dénombrer les fermes ainsi occupées : une vingtaine, les plus proches de la forêt.

Les feux formaient un arc de cercle de trois à quatre kilomètres. Autant que je pouvais en juger, à cette distance, tous les groupes semblaient à peu près identiques, et donc ils ne devaient être au total guère plus de deux cents hommes.

A quatre contre un, les Noirs les auraient balayés sans peine si... s'il n'y avait eu une telle disproportion dans la façon dont ils voyaient.

(Cependant, me dis-je, nos hommes ont encore une possibilité... si c'est moi ou Josiah qui les dirigeons. Je vois beaucoup plus loin que nos adversaires. Supposons que je m'approche en silence à la tête de cinquante Noirs et que j'indique à ceux-ci la direction qu'ils doivent prendre pour encercler l'un des groupes. Au signal convenu, ils se précipitent et éteignent les nouveaux venus qui, attaqués de tous côtés par surprise, n'ont pas le temps de réagir avant que les Noirs ne soient à une Vue, et à cinq contre un dans un combat au corps à corps... Oui, cette tactique semble valable. J'en parlerai à Josiah dès mon retour.)

Comme je me tournais à demi afin de déterminer si, au-delà de l'arc de cercle des fermes occupées, n'existait aucun foyer d'invasion, j'aperçus...

Oh, mes dents grincèrent ! Un groupe d'une cinquantaine de Noirs, avec à leur tête un officier que je ne reconnus pas tout de suite, avançait sur un sentier, avec la lenteur et la prudence habituelles, en direction de l'ennemi.

Ce groupe allait passer à proximité de la colline sur laquelle j'étais perché. Je le répète, mes dents grincèrent. La colère, le dépit... Il me parut évident que Josiah n'avait pas eu confiance en moi et avait envoyé un détachement afin de contrôler, autant que possible, les renseignements que je lui apporterais.

Pas un instant ne me vint à l'esprit le fait que, moi-même, je n'avais aucune confiance en lui. Une seule chose comptait, et m'irritait : il se méfiait de moi !

Je dévalai la colline sans me soucier du bruit, et j'eus

un rire de dédain quand je remarquai que, sans me voir, ils se tournaient vers moi, aveugleur au poing. L'aveugleur est sans effet sur moi quand je ne porte pas mes lunettes.

Souvent, je m'en suis demandé la raison. De nuit, peut-être agirait-il (je n'ai jamais essayé). De jour, non. Je vois jaillir de l'arme une clarté à peine plus forte que celle du jour ensoleillé. Sans doute y a-t-il une question d'ouverture de la pupille. Pour les autres, qui vivent dans une pénombre continuelle, elle est constamment ouverte au maximum — leur rétine, d'après ce que j'ai compris étant à peu près insensible aux rayons lumineux — et la moindre lumière éclatante les rend aveugles pour plusieurs minutes. Pour moi, la pupille étant presque fermée ne laisse filtrer que très peu de lumière.

Je dis à voix basse :

— Capitaine Micaël, adjoint au colonel Josiah.

Ils rengainèrent leurs armes, mais pas un seul ne sourit. Visage figé, ils attendirent que je m'approche à une Vue. C'était ce que je craignais : je n'étais pas populaire chez eux parce que mon avancement avait été trop rapide... Leurs officiers avaient dû leur en parler souvent !

Et, j'en étais sûr, Josiah avait compté sur cette impopularité. Il n'avait rien à craindre de moi si les Noirs ne me suivaient qu'avec réticence.

L'officier était un trois Vues, car il me reconnut quand je fus à cette distance, et il murmura, maussade :

— Ah ! C'est bien vous, Micaël. Que diable faites-vous là ?

Un commandant. Je ne l'avais rencontré qu'une fois et ne pouvais me remémorer son nom. Il le comprit, car il se présenta :

— Garec, 12e section.

Je le saluai, puis demandai :

— Ainsi, le colonel a pris la décision d'attaquer ? Il m'avait pourtant affirmé qu'il attendrait des renseignements plus précis...

— Je n'ai pas rencontré le colonel, bougonna-t-il. Quant aux renseignements plus précis, comment en obtiendrait-il si nous n'en venons pas au corps à corps ? Le hasard a voulu que vous nous rencontriez... Mais si nous n'allons pas jusqu'à l'adversaire, nous ne le verrons que lorsqu'il sera sur nous.

Puis, dans un grognement :

— Mes hommes ont appris que nous étions envahis par quelques dizaines d'êtres féroces venus on ne sait d'où. J'ai décidé d'éteindre ces êtres.

— Sans en réferer au colonel ?

Il me regardait avec hargne. Encore un qui ne me pardonnait pas mon avancement ultra-rapide... et ce n'était qu'un début ! Décidément, je ne pouvais compter ni sur les Noirs, ni sur leurs officiers.

— C'est une simple affaire de police, capitaine, grogna-t-il, et dans un tel cas j'ai tous pouvoirs.

— Croyez-vous ?

— Prétendez-vous me dicter la conduite à suivre ?

Ma colère était tombée (Josiah n'avait rien à voir dans cette affaire, n'est-ce pas ?). Je m'épongeai le front. Il faisait très chaud au soleil. Eux aussi avaient chaud, mais ils ignoraient que c'était dû au soleil. Je me mis à rire.

— Commandant, si vous persistez dans votre projet, vous aurez à répondre devant le colonel Josiah de la perte de cinquante Noirs. Il ne s'agit pas d'une vulgaire opération de police, mais d'un acte de guerre, entendez-vous ? Ils sont plusieurs centaines.

— Ont-ils des aveugleurs ?

— Je ne crois pas.

— C'est ce que disent les messagers. Et pas davantage d'armes. Nous avons des dagues et des poignards.

Je le dévisageais. Quoi que je dise, il ne changerait pas d'idée. Encore un qui envisageait un « exploit héroïque » pour son avancement... Sans doute espérait-il me couper l'herbe sous les pieds. Mais il ne voyait qu'à trois Vues, lui... et ses adversaires à dix !

Que m'importait, puisque je ne pouvais compter sur les Noirs ? Qu'ils se fassent tailler en pièces. Du sommet de la colline, j'allais assister au combat et apprendre ainsi quelle tactique appliquaient les envahisseurs.

Quant au sort du commandant et de ses cinquante Noirs, je ne m'en souciais plus depuis que j'avais compris que ma popularité chez eux stagnait aux environs de zéro ! Il fallait tirer un trait sur les Noirs, et donc sur Josiah et sa promesse de nomination. Mais alors...

Pour me hisser où je voulais monter, devais-je accepter la tutelle des Scientistes ? Permettre à ceux-ci de bouleverser notre société ? Mais que deviendrais-je s'ils y parvenaient ? Plus de Général-Délégué. Plus de Noirs, bien sûr : ils étaient la « bête noire » des Scientistes.

D'autre part, le professeur Galil ne me l'avait pas caché, ces derniers allaient, par une opération délicate, donner des yeux exceptionnels à des dizaines, voire des centaines d'humains qui, par la suite, dirigeraient la Ville.

Et je ne serais plus qu'un parmi cent. Un parmi tant d'autres. Toute ma supériorité actuelle s'effacerait et je n'aurais plus rien à espérer qu'une aumône que me ferait Galil...

Soucieux, je revenais vers la colline en remâchant mes

inquiétudes, quand une voix bien connue fit derrière moi :

— Ainsi, Josiah a osé réagir en envoyant ses Noirs !

C'était Gaëlle. Ma surprise fut telle que je lui posai une question stupide :

— Comment m'as-tu retrouvé ?

— Eh bien, mais... je n'ai pas cessé de t'observer depuis que tu as quitté la Ville. Le Refuge a trois étages, et la partie supérieure est aménagée en terrasse. Dès que nous avons appris que des envahisseurs étaient sortis de la forêt, on m'a chargée de les surveiller...

— Pourquoi toi ? grognai-je.

Elle me dévisageait, étonnée :

— Mais voyons, Micaël... Parce que je suis, avec mon oncle, celle qui voit le plus loin.

Je réprimai un tressaillement.

— Tu m'avais affirmé, Gaëlle, que grâce à une opération délicate plusieurs d'entre vous avaient récupéré, si je puis dire, une vue comparable à la nôtre.

— Ce n'est pas tout à fait exact, fit-elle, embarrassée. Ignores-tu qu'autrefois les Ancêtres ne voyaient pas tous de la même façon ? Certains voyaient de très loin, et très mal de près. D'autres ne discernaient que des formes à quelques centaines de mètres. La technique à laquelle nous sommes parvenus nous a permis de modifier certains yeux de façon à ce que les objets leur soient perceptibles à distance, mais de façon floue. Alors que, lorsque la modification a été naturelle, ce qui est le cas pour mon oncle, pour toi, pour moi, la vision à distance est bien meilleure. C'est pourquoi on m'a choisie, mon oncle n'étant pas au Refuge.

— Ah, bien ! fis-je.

J'avais donc encore une chance : j'étais supérieur aux

« opérés ». Je commançai à monter vers le sommet de la colline. Gaëlle me suivait, et répétait :

— Josiah engage le combat avec les envahisseurs ?

— Il n'a rien à voir là-dedans, murmurai-je. C'est un certain commandant Garec, qui a pris sur lui, sans ordres, d'attaquer ces inconnus. Je suppose qu'il va se faire tuer, ainsi que ses Noirs. Et j'aimerais savoir comment l'adversaire réagira.

— Oui, approuva-t-elle. Il faut en apprendre le plus possible.

Nous avions atteint le sommet de la colline. Au-dessous de nous la section du commandant Garec continuait à avancer vers l'envahisseur — mais les Noirs ne verraient l'ennemi qu'à trois pas... et celui-ci ne les voyait pas encore.

Alors que moi, je discernais là-bas, très loin, les arbres de la forêt ! Soudain, je me remémorai ce qu'avait dit Gaëlle : « Je n'ai pas cessé de t'observer depuis que tu as quitté la Ville ». Entre la Ville et la colline, il y avait plus de deux kilomètres.

Or, pour ma part, à cette distance-là, j'étais parfaitement incapable de reconnaître quelqu'un. Fallait-il en déduire que les yeux de Gaëlle étaient très supérieurs aux miens ? Cela me donna un coup au cœur. Je n'admettais pas sans hargne qu'ils fussent aussi bons ques les miens... S'ils étaient meilleurs, c'est que j'étais inférieur à elle — et je souffrais à cette idée.

Bien plus tard, j'appris que les Scientistes avaient découvert certains engins bizarres, faits de verres scellés dans des tubes, et que les Ancêtres utilisaient afin de voir très loin. Ces objets étaient inutilisables par les humains actuels... sauf par les rarissimes dont les yeux étaient semblables à ceux des Ancêtres. J'eus l'occasion, plus tard, d'en faire l'expérience, et je compris alors que Gaëlle n'avait pas cessé de me surveiller comme si j'avais été à cent pas d'elle.

Mais, sur le coup, l'idée qu'elle voyait mieux que moi m'irrita, et j'affectai de ne m'intéresser qu'à la marche des Noirs.

CHAPITRE 13

Pour moi, tout dépendrait du combat qui allait s'engager. Lesquels, des Noirs ou des Scientistes, me permettraient de m'élever jusqu'au pouvoir suprême ?

De nouveau, le ciel était tout bleu, et j'étais un surhomme. Parce que je voyais jusqu'à la forêt, aussi bien les envahisseurs que les Noirs qui marchaient vers eux. Alors qu'eux ne voyaient qu'à dix Vues pour les uns, trois Vues pour les autres.

Je regardais avec avidité, oubliant jusqu'à la présence de Gaëlle. Les Noirs du commandant Garec suivaient un sentier et se dirigeaient vers une ferme qu'ils ne voyaient pas. Sans doute quelque rescapé leur avait-il fourni certains renseignements.

Bien que le sentier fût étroit, ils se groupaient le plus possible. C'était la tactique que l'on enseignait à l'Ecole. Lorsque vous avez affaire à un ennemi que vous ne voyez pas, il faut agir en groupe et non en ordre dispersé, sans quoi vous faites décimer votre section.

Les Noirs n'étaient plus qu'à deux cents mètres de la ferme, entre un champ de blé et un petit bois. Ils continuaient à avancer.

Dans la cour de la ferme, flambait un grand feu de bois. Je discernais mal ceux qui festoyaient près de lui, mais ils n'étaient guère que sept ou huit.

Difficile à croire, mais, une brise légère soufflant de la forêt, de mon poste d'observation je percevais des odeurs de grillade ! Ils avaient dû râfler toutes les volailles et peut-être même quelques porcs. Ils étaient rares, les porcs. On n'a jamais pu expliquer pourquoi ils se reproduisaient si difficilement. Depuis longtemps, on en protégeait la race : défense absolue d'abattre un truie dès l'instant qu'elle avait eu des petits. Une sur dix, quoi. Si l'on n'avait pas pris ces précautions, la Ville en aurait été réduite aux légumes et à de rares volailles.

Ils approchaient de la ferme (pas les porcs, les Noirs !). A une cinquantaine de pas, sans doute firent-ils trop de bruit (je rappelle qu'ils ne voyaient pas les autres, et que les autres ne les voyaient pas encore) car les envahisseurs qui festoyaient près du feu se levèrent. Et aussitôt...

— Micaël ?

On aurait juré que Gaëlle avait choisi à dessein cette seconde-là pour poser sa main sur mon bras et distraire mon attention !

— Micaël est-ce qu'ils ont commencé à se battre ?

Je me tournai vers elle en sursaut, oubliant le reste. Ce n'était pas possible ! j'avais mal entendu !

— Tu le vois bien, répondis-je sèchement.

Avec humilité, elle murmura :

— Non, je ne le vois pas. Je discerne un grand feu, les bâtiments de la ferme, mais aucun détail. C'est beaucoup trop loin !

Ainsi donc, son acuité visuelle était nettement inférieure à la mienne ! D'un coup, toute ma mauvaise humeur s'envola. Oh, pas pour longtemps, car elle ajouta sur un ton de regret :

— Mes yeux ne sont pas aussi bons que ceux de mon oncle, je le sais depuis longtemps.

Puis elle demanda :

— Et toi, les vois-tu ?

— Oui, grognai-je. Presque aussi bien que si j'étais près d'eux.

Elle me regardait avec émerveillement, ce qui m'irrita de nouveau car je venais de mentir. Je n'étais même pas capable de déterminer si ceux qui festoyaient autour du feu étaient sept ou huit. Il est vrai que la flamme m'éblouissait.

— Raconte-moi ce qu'ils font, murmura-t-elle. Je t'en prie !

— Avec plaisir. Les Noirs on fait du bruit, les autres ont entendu, se sont levés... Et maintenant, ils se dispersent.

— Ils ne se groupent pas pour combattre ?

— Puisque je te dis qu'ils se dispersent !

— Ils vont s'enfuir, fit-elle, et nous n'apprendrons rien de nouveau !

Je le craignais aussi. Après tout, les envahisseurs n'avaient jusqu'alors rencontré que de pacifiques cultivateurs. Les Noirs en uniforme, et armés, paraissaient redoutables, et l'adversaire, capable de briser le crâne des paysans, s'enfuyait devant ces hommes casqués et menaçants.

Tout de suite, je compris que je me trompais. D'abord parce que les envahisseurs ne pouvaient voir ceux qui s'approchaient d'eux, et donc ignoraient tout de leur apparence. Tous les renseignements concordaient : leur vision était limitée à une dizaine de Vues, et les Noirs étaient encore deux fois plus loin.

Ensuite, parce que, à une trentaine de pas du brasier, c'est-à-dire à la limite de leur vision, ils s'immobilisaient, formant un large cercle, attentifs, légèrement penchés en avant vers le bruit qu'ils avaient entendu.

— As-tu remarqué ? murmura Gaëlle qui, frissonnante, se plaquait contre moi. Ils ont ménagé une brèche dans leur cercle, afin que les Noirs puissent y pénétrer sans les repérer !

C'est à ce moment-là que je compris.

*
* *

...La garce ! Ainsi, elle s'était joué de moi. Une minute plus tôt, elle prétendait ne pas discerner les détails, et voilà qu'elle notait ce que je ne voyais moi-même qu'avec difficulté !

Oui, les envahisseurs avaient ménagé à dessein une brèche dans leur cercle d'attente, mais pour que Gaëlle l'ait remarqué, il fallait qu'elle voie *au moins* aussi bien que moi. Au moins. Qui savait si elle ne voyait pas *beaucoup mieux* ?

Des lambeaux de souvenirs émergeaient dans ma mémoire. Plus de cent fois, blottie contre moi, affectueuse et soumise en apparence, elle m'avait interrogé avec une indifférence affectée :

— Là-haut, très haut dans le ciel, n'est-ce pas un vol de ces oiseaux qui passent deux fois l'an en piaillant, et que personne ne voit, sinon toi, mon oncle et moi ?

— En effet.

— Il me semble qu'ils sont formés en triangle.

Et je répondais sottement, tout fier :

— Exact. Le côté droit est plus long que le gauche.

Quel imbécile j'étais ! Elle cherchait à déterminer si je leur étais supérieur, à elle et à son oncle Galil. Et pourquoi, sinon pour m'éliminer le cas échéant ? *« Noir, joue avec les femmes, mais ne les laisse pas jouer avec toi » !* Voilà des mois qu'elle m'abusait, m'arrachant sans en avoir l'air une foule de détails qui permettaient aux Scientistes de se former une image exacte du « danger Micaël », alors que je lui avais soutiré si peu de renseignements !

Garce ! C'était donc ça, son « amour » ? Bien sûr, elle aurait pu en dire autant à mon sujet. Mais c'était une femme, et j'étais l'homme, non ?

— Les Noirs sont pris au piège, souffla-t-elle, fascinée.

*
* *

...En effet, groupés, ils entraient dans la cour de la ferme. Ils avaient vu le feu à une vingtaine de pas. mettant à profit ce qu'on leur avait appris à l'Ecole, ils se penchaient en avant, concentrés, de façon à voir à trois Vues, cherchant l'adversaire.

Ils n'avaient aucune chance. Car déjà les envahisseurs les entouraient, si tant est que huit hommes peuvent en encercler cinquante. De cela les Noirs n'avaient nulle conscience, les autres, immobiles à une vingtaine de pas, étant invisibles pour eux à cette distance, même pour ceux qui avaient suivi un entraînement spécial.

— Pris au piège ! répéta Gaëlle.

Puisqu'elle parlait de piège, pourquoi ne pas lui en tendre un ? Je répondis, indifférent en apparence :

— Ce n'est pas sûr ! Ils sont nombreux : une centaine me semble-t-il.

Elle ignorait que je m'étais approché d'eux et que j'avais discuté avec le commandant Garec : à ce moment-là elle se dirigeait vers la colline et la campagne était coupée de nombreuses haies de verdure.

Son exaltation était telle qu'elle se trahit :

— Oh, non ! protesta-t-elle. Pas cent ! peut-être même pas cinquante !

Une moue :

— Il est vrai que les autres ne sont que huit...

Puis elle prit conscience de son imprudence et ajouta :

— Du moins, j'ai l'impression qu'ils ne sont pas plus nombreux.

— Ils sont huit, exactement comme tu l'as affirmé, fis-je très sec. Et les Noirs à peine cinquante, comme tu l'as dit aussi.

— Micaël !

Quelle merveilleuse comédienne ! Il y avait du désespoir dans son regard.

— Micaël ! que veux-tu dire ? Imagines-tu que...

J'affectais de ne pas me tourner vers elle, et ma voix était à peu près tranquille quand je répondis :

— Nous en reparlerons. Pour le moment, regardons. Je crois que les réjouissances vont commencer... et je ne voudrais pas être à la place du commandant Garec.

*
* *

En effet, les réjouissances commençaient. Pour Gaëlle et pour moi, la scène était à peine croyable. Car les envahisseurs ne se cachaient pas : ils se contentaient de rester hors de portée du regard des Noirs.

Par expérience, ils savaient que les humains de notre petit monde ne voyaient rien au-delà de trois pas. Sans doute ignoraient-ils que certains Noirs, grâce à un long entraînement et à l'usage de drogues, voyaient à dix pas. Quelle importance pour eux, qui s'étaient postés entre vingt et trente pas, à la limite de leur propre vision ?

Huit hommes en encerclaient cinquante... Mais ces cinquante-là ne le savaient pas, alors que l'adversaire les voyait parfaitement.

Il dut y avoir un signal auditif que nous n'entendîmes pas, car les huit se penchèrent avec ensemble et ramassèrent je ne sais quoi sur le sol. Des pierres, qui ne manquaient pas, ou de lourds objets.

Les Noirs étaient groupés en formation carrée, près du grand feu. Imbéciles ! La danse de flammes en faisait une cible de choix, mais comment l'eussent-ils compris ? Comment un homme surentraîné pourrait-il imaginer qu'un autre sera plus fort, plus agile, plus adroit que lui ?

Quelqu'un cria quelque chose. Etait-ce le commandant Garec ? Etait-ce un des envahisseurs ?

Puis tout à coup les projectiles s'envolèrent. Ce n'était pas de vulgaires cailloux, et on ne lapidait personne. C'étaient des blocs de pierre, et ça tuait. L'ennemi était accoutumé depuis longtemps à ce genre de combat à distance : il lançait avec une force et une adresse prodigieuses. Chaque pierre atteignait son but : la tempe ou le visage d'un Noir.

Soudain, esprit de corps sans doute, je tentai de me mettre en esprit à la place de l'un des Noirs, de me demander comment j'aurais réagi en voyant mes compagnons tomber autour de moi.

*
* *

L'assaillant est là, dans la nuit. Le projectile qui a broyé la tempe de mon copain venait de là... un peu à gauche. Je braque l'aveugleur et je tire, à pleine puissance. Oui, mais plusieurs de mes compagnons ont agi comme moi. Et si nous avons fermé les yeux pour échapper à l'éclair aveuglant, des dizaines de nos amis, qui ne pouvaient deviner notre réflexe, ne l'ont pas fait.

Réultat : les trois quarts des nôtres aveuglés pour plusieurs minutes. Je crois en outre que notre arme n'a pas agi sur les ennemis (au fait, combien sont-ils ?) car les pierres voltigent de plus belle.

Cinq, six hommes tombent encore. Et nous n'apercevons pas encore l'adversaire !

— Noirs ! gueule Garec (il sent que la situation devient impossible)... En avant ! Tous en bloc ! Tuez !

Aveugleur d'une main, dague de l'autre (pas question de matraque cette fois : il faut tuer !) nous fonçons, emmenant avec nous si je puis dire le puits de lumière dont nous sommes le centre. Rayon, trois pas à peine.

Et les pierres continuent à nous frapper, à nous écheniller avec une diabolique précision. Et nous ne voyons toujours pas l'adversaire !

Nous hurlons notre colère, notre fureur. Hurler, ça soulage, mais ça ne sert à rien. On regarde à gauche, à droite, devant, derrière... Personne, sinon les projectiles qui nous abattent l'un après l'autre, surgissant de l'obscurité.

*
* *

Oh, certes, je me mettais facilement à la place des Noirs... et même du commandant Garec. Pauvre Garec! je ne l'aimais pas, car il me jalousait, et l'on ne peut aimer quelqu'un qui vous envie, mais tout de même...

Fou, complètement fou de se heurter à un ennemi invisible, il hurlait: « En avant! » et il fonçait au hasard, bradissant sa dague.

Et je devinais ce qu'il pensait: « Les projectiles viennent de tous côtés. Donc, nous sommes encerclés. Où que nous allions, nous sommes sûr de nous heurter à un rideau ennemi ».

On avait beaucoup insisté, à l'Ecole, sur cette notion de « rideau ». Si par hasard vous vous êtes laissé encercler avec votre section, il est évident que, sauf extraordinaire disproportion des forces en présence, le « rideau » sera très mince et vous pourrez échapper à l'étreinte, voire éteindre quelque ennemis au passage.

Mais dans ce cas très particulier, le commandant Garec s'abusait. Car les envahisseurs le voyaient venir avec ses Noirs alors qu'il ne les voyait pas.

En outre, le « Rideau » était mobile. C'est-à-dire que dès que les Noirs parviendraient à discerner la silhouette d'un adversaire, celui-ci s'éloignerait hors de leur lamentable champ de vision... mais sans cesser de les voir! Que faire contre cela?

Pour simplement imaginer ce que cela peut donner, il faut avoir les yeux des Ancêtres (les miens!). Vous êtes un Noir. Vous foncez dans la direction d'où a surgi un projectile. Et à l'emplacement où vous escomptiez découvrir l'ennemi, il n'y a plus personne.

Alors que, de la nuit qui vous encercle, surgit une pierre qui vient vous frapper. Après deux minutes, si par miracle vous n'avez pas été atteint, vous êtes écœuré.

Vous vous tournez à droite, à gauche , prêt au combat... loyal (mais y a-t-il des combats loyaux ? Quelle que soit l'arme, l'un des adversaires n'est-il pas favorisé par rapport à l'autre ? Vous êtes plus fort, ou plus souple, ou plus adroit, ou mieux armé, ou... Mais quelle mouche me pique ?) Donc, vous vous tournez de tous côtés et rien.

Rien sinon une autre pierre qui vous assomme.

Cinq minutes, pas davantage. Il ne fallut que cinq minutes pour que les Noirs fussent à terre, inertes, à l'exception de trois d'entre eux qui s'étaient enfuis et revenaient en courant vers la Ville.

Je préférais ne pas regarder comment les envahisseurs achevaient les blessés. Je suis sans pitié, mais j'ai besoin de beaucoup de courage pour l'être. Ça me laissait dans la bouche un goût de sang et d'amertume.

— Fascinant, n'est-ce pas ? murmura Gaëlle.

Je l'avais oubliée. Et elle ne devait pas connaître ce goût de sang et d'amertume, parce qu'elle souriait, les yeux brillants. A croire qu'elle n'avait rien compris.

— Une cinquantaine de morts, dis-je.

Elle répondit tranquillement !

— Et alors ? Dans notre plan, tous les Noirs doivent disparaître. A part toi, Micaël, ce sont des fumiers, des êtres d'un autre âge. Je crois que les nouveaux venus se chargeront de les supprimer.

Totalement indifférente au massacre. Une femme un peu trop dangereuse, car elle voyait aussi bien que moi, elle haïssait les Noirs... et elle se jouait de moi depuis que nous nous étions rencontrés.

Pour regagner la Ville, les trois rescapés allaient passer presque au pied de la colline.

C'est alors que Gaëlle me dit, toute tranquille :

— Va les éteindre Micaël. Il ne faut pas qu'ils avertissent Josiah : il se méfierait et ne se lancerait pas au combat avec ses Noirs.

CHAPITRE 14

Il est curieux de constater que, dans certaines situations, tout bascule d'un côté ou de l'autre par la faute d'un mot, d'une attitude. Assurément, j'aurais supporté Gaëlle, femme selon mes sens sinon selon mon cœur, si elle n'avait pas prononcé ces quelques mots.

Mais le ton, l'air altier avec lequel elle me lançait cet ordre... A moi, capitaine de Noirs ! Non mais, pour qui se prenait-elle ? Déjà pour la fille du Général-Délégué Galil, chef des Scientistes ?

Et moi, que serais-je là-dedans ? Son Prince-Consort ?

Tout me paraissait clair désormais. J'ignorais si Josiah m'utilisait comme un pion sur un échiquier (il advenait que nous jouions aux échecs) mais ce que j'avais appris désormais, c'était que je n'étais qu'un pion pour Gaëlle. La seule différence avec les échecs, c'était que Gaëlle se demandait « de quoi était capable » le pion qu'elle poussait.

Car, celui-ci pouvait devenir redoutable s'il traversait

sans dommages, c'est-à-dire sans être « mangé », l'échiquier tout entier. A ce moment-là, on le sait, il se métamorphose et peut se transformer en... n'importe quoi, y compris Général-Délégué. Ça lui faisait peur, à Gaëlle !

— Eh bien ? insista-t-elle. N'attends pas davantage ! Ils vont passer au pied de la colline et ne se méfieront pas de toi.

Croyait-elle vraiment que j'allais éteindre des Noirs, moi, un Noir, et qui plus était, un officier ? Folle. Elle était folle d'ambition. Elle avait vu luire pour son oncle, c'est-à-dire pour elle (car c'était elle la tête, pas lui, je le savais depuis longtemps) le poste suprême de Général-Délégué. Et elle était prête à tout pour ça.

Ignorait-elle que pour nous, les Noirs, l'honneur, la camaraderie, passaient avant tout ?

Soudain, je pensai à Josiah. A Josiah et à moi. Et à cette conception que, « à partir d'un certain grade », un officier doit négliger ce qu'on lui a appris pour ne plus suivre que ce que lui dicte « sa conscience et son sentiment de l'honneur ».

Or, où en étais-je ? La loyauté, la conscience de Josiah, je n'y avais jamais cru. Il me poussait sur l'échiquier de son ambition. Et lui, croyait-il en ma loyauté et en mon honneur ? Ça me surprendrait. Il avait deviné en moi un être de sa trempe, et donc...

J'avais pensé à tout cela en un éclair. Gaëlle avait raison : si les Noirs alertaient Josiah, celui-ci ne se précipiterait pas au combat, mais atermoierait. Et je ne pouvais oublier qu'il voyait aussi bien que moi. Ne trouverait-il pas un moyen pour vaincre et se poser en héros ?

— Gaëlle, demandai-je, as-tu cette arme avec laquelle tu m'as paralysé le premier jour où nous nous sommes rencontrés ?

Elle haussa les épaules :

— J'ai beaucoup mieux. Craignant de tomber nez à nez avec les envahisseurs, j'ai emporté une arme qui éteint. Oh, pas grand-chose pour nous, Scientistes ! C'est en fait le même engin, mais les fléchettes sont imprégnées non seulement d'un produit paralysant, mais d'un poison mortel.

Cette explication me rendit soucieux. Chère et adorable Gaëlle ! Chers Scientistes ! Dire que Josiah, comme moi, les prenait pour de doux rêveurs... « Oh, pas grand-chose... » Une arme qui paralyse et éteint à distance, entre les mains d'une femme qui voit aussi bien que moi...

J'eus un léger frisson.

— Et demandai-je avec détachement, tu disposes de plusieurs de ces fléchettes ?

— Il y a un chargeur... une sorte de réservoir... dans la crosse. On peut tirer douze fois.

Ainsi, et sans que les Noirs la voient, elle pouvait en abattre douze ! Ça me donnait un avant goût des autres armes dont disposaient les Scientistes, celle ci n'étant « pas grand-chose ».

Je n'étais pas capable d'éteindre à distance, moi, sinon en lançant des pierres comme je l'avais fait sur le Flamboyant crucifié, quand j'étais gosse. Conclusion : les Scientistes étaient infiniment mieux armés que moi, et certains voyaient aussi bien que moi. Ce n'était pas encourageant pour mon ambition...

Mais Gaëlle disait-elle la vérité ?

— Viens avec moi, fis-je. Peut-être auras-tu l'occasion d'utiliser ton arme, car ils sont trois et aucun d'eux ne doit nous échapper.

Ce n'était, bien sûr, qu'un prétexte : j'étais capable de les éteindre tous trois, et sans peine, puisque je disposais de mon aveugleur et de ma dague. Mais elle n'y pensa pas.

Je crois qu'elle brûlait d'envie d'utiliser son arme. Elle n'avait guère pu l'essayer que sur de rares volailles.

J'avais commencé à dévaler la colline, et je notai avec plaisir qu'elle me suivait. Tout en courant, je l'interrogeais :

— La Ville sait-elle que nous sommes envahis ?

— Oh, oui ! Avant que je ne quitte le Refuge, la télé ne cessait de le clamer. Josiah y est apparu plusieurs fois et a annoncé que, le Général-Délégué étant très malade, lui, Josiah, se chargeait de tout, y compris de repousser l'envahisseur. Il était prêt à sacrifier sa vie pour le salut de la Cité... etc., etc.

— Ça ne m'étonne pas de lui, fis-je en riant.

Mais je riais jaune. Josiah préparait son ascension au poste de Général-Délégué... et moi, j'allais rester à la traîne.

— A-t-il prononcé mon nom ? demandai-je.

Nous étions au pied de la colline, attendant les trois Noirs qui, bientôt, passeraient près de nous sans nous voir. Gaëlle parut surprise :

— Non. Pourquoi ? Il ne sait rien de ta vue exceptionnelle, et pour lui tu n'es qu'un officier comme les autres, n'est-ce pas ?

— Il m'a pourtant choisi comme adjoint à l'Etat-Major.

Il y avait un certain dédain dans sa voix quand elle répondit :

— Grâce à notre appui à nous, Scientistes, et en particulier à celui de mon oncle.

— Oui, oui, bien sûr !

Les trois Noirs n'étaient plus qu'à une cinquantaine de mètres. Ils marchaient vite sur le sentier, mais avec prudence, de façon à éviter des obstacles toujours possibles.

Ainsi, moi, Micaël, j'allais éteindre des Noirs ! Moi que l'on avait formé dans la vénération de la discipline, dans la soumission absolue aux ordres reçus, dans l'esprit de camaraderie, le sens de l'Honneur...

Soudain je compris que, si je m'abaissais à ça, le souvenir m'en poursuivrait pendant toute ma vie. Ces notions stupides étaient trop profondément ancrées en moi. ILS étaient arrivés à me déformer, comme les autres. Et je ne disposais que d'un moyen pour LEUR échapper : me libérer par la violence.

Les éteindre, même si je devais en souffrir jusqu'à la fin de mes jours. D'ailleurs, n'y a-t-il pas parfois beaucoup de courage à se montrer lâche ?

Gaëlle soupçonnait ce qui se passait en moi, car elle souffla à mon oreille :

— Veux-tu que je m'en occupe seule ? Mon arme porte à trente pas, donc ils ne soupçonneront pas ma présence. Les fléchettes paralysent tout de suite... tu l'as constaté par toi-même. On est éteint en une trentaine de secondes. Pas un bruit, pas un cri.

Je frissonnai.

— Non, dis-je. Les femmes ne doivent pas se mêler aux combats.

— Faut qu'elles fassent seulement la vaisselle, n'est-ce pas ? gronda-t-elle.

Puis elle fit claquer sa langue, dépitée : les Noirs nous avaient entendus ! Ils s'étaient immobilisés sur le sentier et peut-être, affolés, allaient-ils s'enfuir au hasard dans *leur nuit* qui les entourait.

J'avançai de quelques pas et, à voix haute :

— Capitaine Micaël, adjoint du colonel Josiah.

Ce dernier nom fit le meilleur effet : le mien n'eût pas suffi à les arrêter. L'un d'eux gémit (oui, gémit, un Noir !) :

— Capitaine ! Impossible de lutter ! Ces démons nous éteignent sans même que nous en repérions un seul ! Il faut avertir le colonel !

— Je m'en charge, fis-je.

J'avais continué à avancer. Quand je fus à cinq ou six pas, avant qu'ils ne m'aperçoivent, je braquai mon aveugleur et je tirai par trois fois. Après quoi je n'eus qu'à utiliser ma dague, et je revins vers Gaëlle en essuyant la lame, soucieux.

— C'est fait, annonçai-je.

— Je le sais bien : je l'ai vu. Ainsi, tu n'as pas hésité !... Tu es une énigme vivante, Micaël. On croit te connaître, et...

— Et pourquoi cherches-tu à me connaître ? grognai-je en continuant à essuyer ma dague.

Impatientée, elle répondit :

— Tu dois t'en douter, non ? Depuis des semaines, tu ne cesses d'accumuler des renseignements concernant les Scientistes. Tes incessantes questions le prouvent. Je ne suis pas une dinde, Micaël ! Il est tout à fait naturel que je cherche à déterminer si tu es sincère, c'est-à-dire si tu es de notre bord, ou si... si tu es comme les autres Noirs, c'est-à-dire esclave fanatique de la discipline et de la camaraderie.

Je haussai les épaules et remis mon arme à ma ceinture.

— Ma chérie, il y a sur le sentier trois cadavres qui, si j'ose dire, peuvent répondre à ta question.

— Je sais. Mais ça t'a donné un choc, ton attitude le prouve. Et donc...

De nouveau, je haussai les épaules :

— Je me dis tout simplement que si Josiah et ses Noirs prennent ce sentier, ils découvriront les trois corps... éteints à coups de dague... Or, les envahisseurs, pour autant que j'aie pu en juger, ne possèdent pas une telle arme.

— On pourrait cacher les corps ?

— Inutile ! Il me suffira d'affirmer à Josiah que les envahisseurs ont des dagues.

Elle me regardait, bouche bée :

— Parce que... tu as l'intention...

Mon air le plus solennel pour répondre :

— Je suis ici en mission, Gaëlle. Le colonel Josiah m'a envoyé en observateur, et je dois lui rendre compte. Mon honneur est en jeu.

Je désirais savoir jusqu'où elle irait si je me comportais comme un Noir. Mais elle éclata de rire.

— Fine plaisanterie, Micaël ! décréta-t-elle. D'abord, Josiah te croit semblable aux autres... et donc pourquoi t'aurait-il envoyé « en observateur » ? Pour observer, il faut voir à distance... et il ignore que tu en es capable. Ensuite, tu viens d'égorger trois Noirs.

Puis elle cessa de rire et gronda :

— Ne joue pas à ce petit jeu, Micaël ! Il importe que Josiah ignore ce qui vient de se produire, sans quoi il n'attaquera pas l'envahisseur avec ses Noirs. Il cherchera à le faire tomber dans quelque piège... Et qui sait ? Peut-être y réussira-t-il. Or, nous ne voulons pas qu'il triomphe car, c'est certain, il serait porté au pouvoir suprême par la populace. Nous ne trouverons jamais des circonstances aussi favorables pour remplacer le Général-Délégué par l'un des nôtres !

Oui, certes... Mais que devenais-je là-dedans, moi ? On avait fait miroiter à mes yeux la place de Josiah — Chef d'Etat-Major des Noirs —... Mais s'il n'y avait plus de Noirs ?

Chère Gaëlle ! Ainsi, depuis notre première rencontre, elle me prenait pour un objet qu'on rejette après l'avoir utilisé. Je me mis à jouer la carte de l'Honneur :

— C'est impossible, Gaëlle... Mon devoir... Les ordres que j'ai reçus... Renier en un instant des mois de probité intellectuelle... L'honneur du soldat que je suis...

Je la quittai, et je fis quelques pas dans la direction de la Ville. Puis je me retournai. Ça me donna un coup au cœur, parce que, malgré moi, je ne parvenais pas à admettre qu'elle me jouait la comédie depuis si longtemps.

Elle tenait à la main son arme paralysie-poison, et la braquait sur moi, front têtu, visage de glace. Dès que je me retournai, elle mit ses mains derrière son dos, mais j'avais vu.

— Gaëlle... fis-je en hésitant. Je ne sais plus ! Tu viens de le dire, comment anoncer à Josiah que j'ai éteint trois Noirs ? Et pourtant...

— Il faut choisir, Micaël, dit-elle avec impatience. Ou bien nous, les Scientistes, ou bien cette notion périmée que tu nommes Honneur.

Il y avait une troisième voie, mais elle n'y avait jamais pensé parce que, n'ayant pas vu ma Lumière, elle me prenait pour un petit officier sans envergure. Ou bien les Scientistes... Ou bien l'Honneur des Noirs... *ou bien moi.* Moi, tout seul, sans Scientistes ni Noirs. Pourquoi pas, au point où j'en étais ?

Je m'approchai d'elle, je la pris dans mes bras avec beaucoup de tendresse.

— Puisqu'il faut que je choisisse, chérie, murmurai-je, tu sais bien que je te choisis, toi !

Ma main glissait sur son épaule, descendait sur son bras, glissait vers son coude, tendrement, derrière son dos. Triomphante, elle me tendit ses lèvres... juste au moment où mes doigts, comme un étau, serraient les siens en une insoutenable pression qui la contraignit à crier et... à lâcher son arme qui tomba sur le sol.

Je projetai Gaëlle à quelques pas comme un objet inerte, et je ramassai l'arme.

— Pauvre idiot ! gronda Gaëlle. Ainsi, c'était vrai ! Mon oncle s'en doutait : tu nous trahis ! Tu es d'accord avec Josiah et les Noirs ! Mais comment as-tu pu supposer que, parce que tes yeux égalaient les nôtres, nous allions partager avec toi ce pouvoir dont nous sommes si près ! Tu es vraiment trop crédule !

Soulevée sur un coude, elle ricanait. Horrible. Plus rien de la Gaëlle que j'avais failli aimer.

— Crédule ? répéta-t-elle... Ce n'est pas le mot. Tu es idiot. L'arme que tu tiens, par exemple. Comment as-tu pu croire qu'elle pouvait tuer ? C'est celle que j'ai déjà utilisée contre toi. Elle paralyse pendant quelques minutes, voilà tout. Mais tu es stupide au point que...

Je n'écoutais plus ce qu'elle disait. Je surveillais ses gestes, comme j'aurais surveillé l'attitude d'un serpent venimeux.

Elle tenait à la main une boule guère plus grosse qu'un œuf de poule, et elle s'apprêtait à lancer cet objet sur moi. Qu'était-ce ? Je l'ignorais, mais je n'en attendais rien de bon.

Alors, puisqu'elle m'avait affirmé que l'arme que j'avais conquise était un simple paralyseur, je tirai sur elle. La fléchette se planta sur le côté de sa poitrine, et aussitôt Gaëlle, tous muscles détendus, s'affala, paralysée. Elle venait de me l'affirmer : cette arme ne pouvait éteindre un humain. Si elle m'avait menti, ma foi, tant pis pour elle.

La petite boule qu'elle tenait roula sur le sol et vint se blottir contre sa hanche.

Je regardais Gaëlle en secouant la tête absorbé par mes pensées. Désormais, j'étais seul. Dès que la paralysie cesserait, c'est-à-dire dans quelques minutes, Gaëlle n'aurait rien de plus pressé que d'alerter les Scientistes et de leur affirmer que je les trahissais. Or, Josiah et ses Noirs allaient se faire éteindre par les envahisseurs.

Comme j'étais loin du pouvoir suprême ! Sans doute avais-je accumulé trop de sottises ? Et pourtant j'avais beau faire appel à ma mémoire, je me disais : « Si c'était à refaire, je ne pourrais agir autrement ».

Certes, si fait, j'aurais pu agir autrement... en renonçant à mon idéal. Certains diraient « à mon ambition ». Quelle différence y a-t-il entre un idéal et une ambition ? Un idéal n'est-il pas une ambition, une ambition n'est-elle pas un idéal ? Et pourquoi l'homme est-il sur terre, sinon pour atteindre son idéal — c'est-à-dire pour réaliser ses ambitions ? L'un ou l'autre diffèrent avec les individus, soit. Mais pourquoi, sinon parce que les individus sont différents ? Pour quoi, et par qui avais-je été créé « ambitieux » alors que d'autres voyaient leur idéal dans une vie familiale unie ou dans la méditation ? Question de caractère et d'éducation.

Or, j'étais passé par l'Ecole des Noirs, ce qui expliquait beaucoup de choses.

Je m'approchai de Gaëlle qui, je le savais par expérience, entendait et comprenait, et qui bientôt allait bouger.

— Vous m'avez jugé stupide, fis-je avec dédain, mais c'est vous qui l'êtes. Pour quelle raison ai-je gardé mon casque de Noir, même quand je faisais l'amour avec toi ? Te l'es-tu demandé ?

Penché, je ramassais la petite boule qui avait glissé sous ses vêtements, je l'examinais. Ça ne pouvait guère faire de mal, un tel engin. C'était lourd, certes, mais pas plus qu'une des pierres que lançaient les envahisseurs. Je finis par la glisser dans ma poche.

— Tu vas savoir, Gaëlle, pouurquoi je gardais toujours mon casque... et à quel point tu as pu te tromper en me croyant... comme les autres.

Sa paralysie se dissipait. Elle battait des yeux et commençait à remuer un bras.

— Regarde, dis-je.

J'otai mon casque, et je ne dérayai pas. Gaëlle gémit, et, comme une gosse, posa son poing fermé sur sa bouche ouverte.

Ma Lumière flamboyait comme les feux que les envahisseurs avaient allumés dans la cour des fermes. Au point qu'autour de nous les arbustes projetaient deux ombres : celle du soleil et la mienne.

Même Gaëlle, qui se relevait en chancelant, avait deux ombres. Et comme elle était près de moi, celle du soleil n'était pas la plus noire.

INTERLUDE

En sortant de la forêt, ils n'étaient que cent quarante huit, parce que plus de la moitié d'entre eux avait péri dans les bois, ou s'était égaré dans d'autres directions.

Ils avaient quitté Polar (car leur Ville portait un nom) deux mois plus tôt, pour autant qu'ils pouvaient en juger : pendant plusieurs semaines le soleil ne s'était pas montré, du moins pas assez pour qu'ils l'aperçoivent.

Quand ils avaient débouché dans le microcosme de Micaël, ils avaient épuisé depuis longtemps les provisions emportées au départ, et la forêt n'était guère accueillante.

Ils s'étaient alors précipités comme des fauves affamés, ils avaient tué, ils avaient pillé... Oui, comme des fauves.

C'était pourtant une race douce et pacifique, du moins tant que leurs chefs prêchaient la douceur et la paix. Polar était gouvernée par des Flamboyants, et ils les adoraient comme des divinités. Malheureusement, les Flamboyants étaient restés à Polar...

Seuls, sans commandement, affamés, les envahisseurs s'étaient donc livrés aux excès habituels en pareil cas — aux excès que commet n'importe quelle troupe, n'importe quelle secte, lorsqu'elle n'a pas de chef.

Certes, ils n'avaient rien à redouter des indigènes qui ne voyaient guère qu'à trois pas. Cependant, sans chef, ils se sentaient désemparés. Ils festoyaient, mais quelque chose manquait pour que la fête soit complète : un meneur de jeu, comme lorsque des enfants s'amusent.

En outre, ils avaient vaguement peur de l'avenir. Que leur réservait ce monde dans lequel ils entraient ? Tout groupe humain, surtout quand il a toujours eu foi en ses gouvernants — ses Maîtres ou ses Dieux — , cherche une branche pour s'y cramponner quand il se trouve dans une situation dangereuse.

Or, aucun d'eux n'avait l'étoffe d'un chef. Pour la bonne raison que ceux qui eussent pu se faire obéir d'eux avaient su faire leur place au soleil de Polar, et y étaient restés. Eux, c'était la lie.

Aussi quand l'un d'eux discerna, là-bas... Avec le soleil, c'était la seule chose qu'ils pouvaient voir à plus de dix Vues !

— Un Flamboyant ! hurla-t-il.

Il parlait à peu près le même langage que Micaël et Gaëlle. Pourquoi pas ? Dans le passé, leurs ancêtres communs avaient utilisé les mêmes mots.

— Un Flamboyant !

Il tendait le bras comme une statue antique. Et les autres regardèrent, et ils aperçurent une clarté dans les ténèbres, et ils surent qu'un Maître était là-bas et les attendait.

Et ils se mirent en marche, tous, extasiés, comme des croyants allant vers leur Messie — à cela près que cette Lumière, en laquelle ils voyaient la preuve de la Divinité, était tangible.

CHAPITRE 15

— Tu es un Flamboyant ! me dit Gaëlle avec horreur. Nous n'en voulons pas ! A aucun prix. La Science doit guider le monde, non les Mystiques. Nous avons sondé leur esprit : ils sont fous. Ils considèrent avec dédain le raisonnement rationnel. Ils nient l'évidence.

— Je ne suis pas de ces Flamboyants-là, fis-je. Je ne suis pas un Mystique. Cette Lumière s'est développée sans que j'y sois pour rien et, crois-moi, je sais raisonner. L'évidence, je ne la nie pas. La preuve : il me semble évident que ni les Noirs, ni les Scientistes ne triompheront de l'invasion.

— Oh, si fait ! Dès qu'ils s'approcheront du Refuge, nous...

— Ils ne s'en approcheront pas. C'est vous qui ne raisonnez pas sainement. Ils combattent sans se grouper. Dès que vous en aurez éteint deux ou trois, les autres contourneront la Ville et s'en empareront sans que vous puissiez réagir car vous ne vous déciderez jamais à détruire la cité. Gaëlle, ils ont gagné d'avance, et tu as perdu... comme moi.

Ils venaient vers nous, loin encore.

— Remets ton casque, murmura Gaëlle. Ta Lumière est le seul repère dont ils disposent dans leur nuit.

Ma main tourmentait ma dague à ma ceinture, et pourtant je répondis :

— Non. Ecoute bien... Ils chantent !

A proprement parler, ce n'était pas un chant, mais une prière à voix haute. Une sorte d'incantation. Ils ne s'étaient pas regroupés, mais avançaient vers nous en demi-cercle.

Lorsqu'ils furent plus près, je commençai à comprendre quelques paroles qui émergeaient de cette psalmodie confuse. Le fait que je comprenais le sens de ces paroles ne me surprit pas : depuis longtemps j'avais noté que les Flamboyants qui surgissaient de la forêt parlaient notre langage. Ces mots que je percevais étaient des termes de joie et de soumission aveugle.

Quand les envahisseurs furent à dix Vues, et qu'ils me virent, ils tombèrent à genoux et joignirent les mains. Etaient-ils donc stupides ? Seuls les gosses agissent ainsi quand ils supplient qu'on ne les fouette pas. Et ces gens-là venaient d'éteindre une cinquantaine de Noirs ! Incroyable.

Je cessai de tourmenter ma dague. Rien à craindre de ces moutons... enragés. Non parce qu'ils s'étaient agenouillés (j'ignorais ce que cela signifiait dans leur monde) mais parce qu'ils ne m'encerclaient pas complètement et donc que, en reculant de quelques pas, j'échapperais à leur vue sans cesser de les voir moi-même.

Soudain, ils s'arrêtèrent de prier et l'un d'eux, se

levant lentement, me demanda avec humilité, la tête basse :

— Quels sont tes ordres, seigneur ?

C'est alors seulement que je compris. Chez eux, les Flamboyants étaient des chefs. Ils n'avaient pas, comme nous l'avions fait sottement, décrété que toute Lumière supérieure à celle du Général-Délégué était une menace pour la Ville.

Chez eux, pas de limite, et je présumais que, plus on flamboyait, plus on s'élevait dans la hiérarchie des chefs. Or, pour autant que je le sache, nul chez nous ne possédait une Lumière comparable à la mienne. Même par Josiah, ni Galil, ni le Général-Délégué.

La conclusion s'imposait, évidente : j'allais devenir maître de notre monde, non grâce aux Noirs qui ne m'admettaient qu'avec réticences, non grâce aux Scientistes qui s'étaient déjà distribué les meilleures places, mais grâce aux envahisseurs qui m'adoraient comme les Ancêtres adoraient un Dieu.

*
* *

Je pris cette attitude assurée que l'on conseille à l'Ecole des Noirs, et je demandai :

— D'où venez-vous ?

— De Polar, répondit l'homme. Nous sommes des Polarais, seigneur. Comme tu le sais, notre pays ne peut nous nourrir tous, alors nous l'avons quitté.

— Et vous espérez conquérir ce pays ?

— Il ne s'agit pas de conquérir, seigneur. Sauf si tu le désires... et ce sera facile. Mais nous avions faim.

— Pourquoi avez-vous éteint des hommes, des femmes et des enfants ?

— Ils prétendaient nous empêcher de festoyer, seigneur.

Il reprit en hésitant :

— Aurions-nous dû nous laisser refouler dans la forêt, seigneur ? Si tu en donnes l'ordre, nous sommes prêts à le faire.

— Il n'en est pas question, dis-je avec impatience. Mais d'abord, relevez-vous tous.

Ils obéirent. Je remarquai qu'ils ne s'approchaient pas à moins de dix Vues. Je réfléchissais en surveillant Gaëlle du coin de l'œil.

Et j'avais mes raisons, pour la surveiller, car j'appréhendais sa réaction.

— Mes amis, fis-je, pour que ce monde vous adopte, vous devez éliminer deux sortes d'adversaires qui ne songent qu'à vous détruire.

— Micaël ! gronda Gaëlle.

Cette fois, elle lisait clairement dans mon jeu... et ça ne lui plaisait pas. Pas du tout. Mais j'avais glissé son paralyseur dans ma poche, ainsi que la petite boule qu'elle avait tenté de lancer sur moi. Portait-elle d'autres armes scientistes ?

— Quoi ? dis-je. N'est-il pas exact que les Noirs et les Scientistes ne songent qu'à les exterminer ?

— Tu n'as pas le droit !

— Quel droit ?

— De les lancer sur tes amis !

J'allai vers elle et lui soulevai délicatement le menton (histoire d'apprendre si, dans son irritation, elle allait me menacer d'une nouvelle arme).

— Bébé chéri ! fis-je avec reproche. Mes amis ? Où sont-ils ? Toi ? Après avoir essayé de me paralyser... sans doute pour m'éteindre facilement... tu as tenté de jeter sur moi une petite boule dont j'ignore les propriétés, mais qui...

Elle me coupa la parole en Furie :

— Quelques secondes de plus, et tu étais éteint ! Mais tu m'as paralysée assez tôt. Je n'ai pas eu le temps d'appuyer sur le déclencheur.

Je notai mentalement que la « petite boule » fonctionnait quand on appuyait sur un « déclencheur ». Mais Gaëlle ne tentait pas de saisir une arme nouvelle, et donc elle n'en possédait pas. Je m'écartai d'elle et je repris :

— Toi, une amie ? Allons donc ! Et tes Scientistes ? Des amis ? Quel rôle me réservent-ils pour le jour où ils prendront le pouvoir ? Je suis capitaine de Noirs. Je ne le serai même plus : ton oncle ne m'a pas caché qu'il se débarrasserait des Noirs.

J'eus un soupir un peu rauque, parce que ce que j'avais à ajouter m'écorchait la gorge au passage. Et pourtant, c'était vrai !

— Les Noirs ? Ils devraient être mes amis. Or, ils n'ont pour moi aucune estime... et je viens d'en égorger trois. Leur chef Josiah tente de m'utiliser... tout en se préparant à m'éteindre car je lui fais peur. Je n'ai jamais cru à ses protestations d'amitié. Des amis ? Je n'en ai pas, Gaëlle, sinon ces nouveaux venus qui, eux, m'admettent tel que je suis : un être supérieur. Et c'est avec eux, grâce à eux, que je prendrai le pouvoir.

Je ne pouvais m'en empêcher, je me frappais la poitrine à coups de poing.

— Moi, le Flamboyant !

Et tous les Polarais répétèrent avec ferveur et respect :

— Le Famboyant ! Le seigneur !

Il y avait de la haine dans les regards que me lançait Gaëlle. Même si j'avais espéré la convaincre de ne rien répéter aux Scientistes, je savais désormais que je ne pouvais me fier à elle.

— Micaël, fit-elle avec mépris... Remets ton casque.

— Pourquoi ? Pour que ton oncle ne voie pas ma Lumière ?

— Ce n'est pas cela, Micaël. Nous avons longuement étudié le comportement des Flamboyants : ils sont bourrés de scrupules. Et moi, je ne veux pas de ta pitié. Remets ton casque. Ta Lumière s'éteindra et tu redeviendras un officier Noir.

— Je ne suis pas un Flamboyant comme les autres, grognai-je, furieux. Ma Lumière n'est pas blanche, mais jaunâtre. Légèrement jaunâtre.

Elle s'obstinait :

— Remets ton casque sur ta tête. Je préfère que tu raisonnes comme un Noir. Parce qu'alors, je comprends. Les Flamboyants sont fous. Leurs idées ne sont pas celles de gens sensés.

— Je te répète que...

Elle haussait les épaules. Alors, je remis le casque sur ma tête et j'entendis gémir les Polarais.

— Ne craignez rien, leur dis-je. Ma Lumière n'est pas éteinte, mais je la dissimule pour désorienter nos ennemis.

Gaëlle n'avait pas tout à fait tort. Depuis que j'avais ôté mon casque, j'avais senti germer en moi des pensées de clémence... Quelle folie ! Si je ménageais Josiah et Galil, j'étais perdu.

En quelques secondes, ces pensées-là disparurent, et je redevins l'officier Noir que je n'aurais jamais dû cesser d'être.

... Gaëlle avait vu ma Lumière. Si je la laissais communiquer avec les Scientistes ou avec les Noirs, ils ne cesseraient de me traquer.

Gaëlle devait donc disparaître.

Non sans surprise, je constatai que quelque chose se révoltait en moi. Quand j'étais gosse, et que mon père m'offrait un jouet qui me plaisait, je finissais par m'attacher à celui-ci, et je n'aurais pas admis qu'on le brise. Eh bien, je m'étais attaché à Gaëlle : j'avais trop joué avec elle.

Mes dents grinçaient. Furieux, je lui tournai le dos.

— Je le savais ! dit-elle très vite. Oh, je le savais ! Tu n'as pu oublier, tu n'oublieras jamais. Tu n'as pas la force de m'éteindre. Micaël, c'est la plus grande preuve d'amour que...

De nouveau, je me retournai vers elle, mâchoires serrées, et je tirai avec son paralyseur.

La fléchette l'atteignit en pleine poitrine, perçant sans peine le corsage léger. Gaëlle tomba, les yeux écarquillés, inerte.

Et c'est à peine si je pouvais parler quand j'ordonnai aux Polarais :

— Eteignez-la.

Mais je ne pus regarder plus longtemps. Dos tourné, j'entendis le choc assourdi des pierres sur sa tête.

Je ne regrettais pas Gaëlle, mais j'avais honte de ma faiblesse, moi, un officier Noir. Décidément, j'avais joué trop longtemps avec elle.

CHAPITRE 16

Ils allaient. Moi devant eux, parce que je voyais jusqu'à l'horizon, c'est-à-dire au-delà de la Ville. Au début, ils avaient été désemparés, n'apercevant plus ma Lumière comme un fanal, mais je leur avais expliqué ce que j'attendais d'eux, et ils avaient pris garde à ne pas s'écarter les uns des autres.

Très vite, ils avaient compris. Plus vite que les Noirs. Peut-être était-ce dû au fait qu'ils ignoraient la discipline. Oui, c'est moi, Micaël, capitaine de Noirs, qui écris cela. La discipline est nécessaire, mais elle obscurcit l'entendement. C'est une évidence.

Je les entraînais de façon à nous écarter le plus possible du Refuge des Scientistes, car j'ignorais de quelles armes disposaient ceux-ci. Je ne pouvais courir le risque d'attaquer le Refuge sans renseignements précis, d'autant plus que je pouvais être pris à revers par Josiah et ses Noirs.

*
* *

Nous avons contourné la Ville sans trop nous en approcher (et bien sûr j'étais seul à la voir). Mon plan était simple. Le danger pour moi, c'étaient Josiah et Galil, qui voyaient aussi bien que moi. Sans eux, rien ne pouvait résister à mes Polarais : on ne peut se battre contre un adversaire dont on ignore la position alors qu'il sait très bien où l'on est.

Je sais ! Certains Scientistes avaient été opérés, mais Gaëlle avait précisé qu'à distance leur vision restait floue, incertaine.

Josiah et Galil. Deux barrières entre le pouvoir et moi. Eux seuls pouvaient me vaincre. Donc, il fallait que je les éteigne.

*
* *

Quand nous fûmes sur le flanc de la Cité opposé au Refuge, j'ordonnai à mes hommes :

— Attendez-moi. Si on vous attaque, reprenez vos façons habituelles de combattre.

Ils répondirent :

— Oui, Seigneur.

Des moutons. Ah, si les Noirs avaient eu leurs yeux... et si j'avais eu la confiance des Noirs !

*
* *

... Quand j'entrai chez Galil, Yolande était seule dans l'antichambre, assise dans un fauteuil près de la fenêtre. Pourquoi l'avait-on installée près de la fenêtre, elle, aveugle ?

— Qui est là ? murmura-t-elle.

— Moi, Micaël.

— Ah, j'aurais dû reconnaître ton pas, souffla-t-elle. Mais il y a longtemps que je ne l'entends plus !

Je la regardai. Jusqu'alors, trop occupé par Gaëlle, je l'avais dédaignée. Eh bien, elle n'avait rien perdu de ce charme stupide qui m'attirait vers elle quand nous étions gosses.

« Charme stupide », je sais, l'expression peut surprendre. Mais, j'ignore pourquoi, je n'ai jamais pu m'attacher à une femme intelligente. Voyez Gaëlle ! Orgueil masculin sans doute. Etait-ce à l'Ecole des Noirs qu'on m'avait inculqué un tel sentiment de supériorité ? Toujours est-il que Yolande était une femme selon mon cœur, et non Gaëlle. Oui, mais... Yolande était aveugle. Allais-je m'encombrer d'une aveugle ?

— Le professeur Galil est-il là ? demandai-je.

Au fond de moi, je me disais que feu Gaëlle ne pourrait plus me paralyser avec ses maudites fléchettes... alors que moi, j'allais paralyser Galil avec le pistolet de sa nièce.

Yolande soupira :

— Oh, oui, il doit être là. Il n'est pas sorti. Mais...

— Mais quoi ?

— Micaël, dit-elle à voix basse, prends garde ! Il y a bientôt une heure, le colonel Josiah est venu avec des Noirs. J'ai reconnu sa voix.

— Josiah ? Ici ?

— Il est entré dans le bureau du professeur sans même s'annoncer. J'ai entendu des bruits étranges... comme une bousculade... puis plus rien.

J'allai vers elle, et je m'apprêtais à la secouer avec colère quand je m'en souvins : elle était aveugle. Je posai ma main sur son épaule, et elle frissonna. Elle, sans vue, aimant celui qui avait les yeux des Ancêtres ! C'était à mourir de rire.

— Tu dis « plus rien », fis-je en adoucissant ma voix. Mais Josiah ? Ses Noirs ?

— Oh, ils sont sortis quelques minutes plus tard. Josiah est même venu vers moi et m'a demandé si j'avais vu quelque chose. Il menaçait. J'ai répondu que j'étais aveugle. Alors il a ri longuement, et il a demandé : « Tu es Yolande, n'est-ce pas ? » « Oui ». Et alors, sais-tu, Micaël, sais-tu...

— Comment veux-tu que je sache ?

— Il m'a dit tranquillement : « Je te laisse vivre car tu es le premier amour de ce cher Micaël. Un gosse, ce Micaël ».

— Il a dit ça ?

Mes ongles s'enfonçaient dans mes mains. Un gosse, moi ? Je fonçai vers le bureau de Galil, j'ouvris la porte en coup de vent. Bien sûr, Galil était là, à terre, la gorge tranchée probablement par la dague de Josiah.

Ce dernier avait tenu le même raisonnement que moi : il ne pouvait laisser vivre un homme qui voyait aussi bien que lui et qui disposait de toute la force des Scientistes. Pour Josiah, Galil était dangereux, moi pas, parce que j'étais seul, sans appuis.

Je ricanai. Josiah parviendrait peut-être à se débarrasser des Scientistes privés de Galil, de Gaëlle et de leur vision exceptionnelle. Mais moi, j'avais mes Polarais, et Josiah l'ignorait ! Et tous les Noirs n'en viendraient pas à bout.

Je revins vers Yolande et, alors que je m'approchais d'elle, elle murmura :

— Il a dit aussi : « Ce cher Micaël, qui imaginait que

je me fiais à lui !... Si tu le revois, ma belle, explique-lui que je ne l'ai pratiquement jamais perdu de vue du sommet de la tour, et qu'il est inutile qu'il fasse son rapport. J'en sais autant que lui. Dis-lui... »

Elle pleurait.

— Dis-lui que je lui donne une chance, malgré sa Lumière : qu'il parte, qu'il s'enfonce dans la forêt. Et qu'il ne revienne jamais, car j'ai vu sa Lumière et je le ferais éteindre.

— Il a dit ça ?

— Oui. Et il a ajouté que tu l'avais trahi, qu'il aurait agi comme toi dans des circonstances identiques, mais qu'il ne te le pardonnerait jamais, pas plus que tu ne le lui aurais pardonné.

Poings serrés, je réfléchissais. Josiah avait ses Noirs, moi mes Polarais. Je ne le craignais pas, et mes Polarais avaient prouvé que les Noirs ne comptaient guère devant eux. En définitive, je disposais de meilleurs atouts que lui.

Evidemment, j'avais mal joué le début de la partie. J'aurais dû m'en souvenir, le studio de télé d'où Josiah avait lancé ses appels afin de terroriser la Ville en annonçant la présence de dangereux envahisseurs était placé très haut, presque au sommet de la tour qui supportait l'antenne.

De là on dominait tout le pays, et Josiah ne m'avait pas perdu de vue. J'imaginais la tête qu'il avait faite quand il avait vu resplendir ma Lumière ! Et quand les Polarais s'étaient agenouillés devant moi !

Mais pour l'instant, ce qui m'inquiétait le plus, c'étaient les Scientistes. Groupés dans leur Refuge, en possession d'armes redoutables... Il est vrai que Galil et Gaëlle n'étaient plus là pour les diriger, et que les meilleurs d'entre eux ne voyaient guère mieux que les Polarais. Cependant, je ne savais comment aborder ce problème : si Josiah et ses Noirs étaient supprimés, comment attaquerais-je le Refuge sans trop de risques ?

Je m'assis près de Yolande et je la pris dans mes bras. Elle frissonna.

— Micaël... balbutia-t-elle. Je suis si heureuse quand tu te tiens près de moi !

Non sans surprise, je constatai que j'étais ému, beaucoup plus qu'avec Gaëlle. Dommage que Yolande soit aveugle : c'était la femme qu'il me fallait. Pas très intelligente, douce, affectueuse et obéissante.

— Voyons, ma chérie, dis-je, le moment est venu d'en finir avec les Scientistes. Ils t'ont privée de la vue, et tu m'as déjà affirmé que tu désirais te venger. Ne peux-tu m'aider ?

— Je le voudrais, Micaël. Oh, certes, je le voudrais ! Mais comment ?

— Cherche dans tes souvenirs. Galil et sa nièce n'ont-ils jamais parlé devant toi de leurs armes secrètes, celles qu'ils comptaient utiliser pour défendre leur Refuge ?

Elle soupira.

— Eh bien, murmura-t-elle en hésitant... ils y ont fait allusion parfois, mais en des termes si vagues !

— N'importe. Ne peux-tu te rappeler cela ? A quelle distance porte cette arme ?

— Je ne sais pas.

Impatienté, je me levai. Yolande souffla alors :

— Il y a une chose qu'ils répétaient souvent, très clairement : la nécessité de ne pas utiliser ces armes quand on est à l'intérieur du Refuge. Gaëlle... ta Gaëlle !... a même affirmé que cela provoquerait une effroyable catastrophe. Elle a dit un jour : « Nous jouons à l'apprenti sorcier, oncle ! » Et il a répondu : « C'est le seul moyen de faire triompher nos idées ! ».

— Ils ont dit ça ?

— Ils l'ont dit.

Je m'approchai de la fenêtre et je regardai longuement, sans les voir, les parterres de fleurs dont les couleurs s'avivaient au soleil, ces fleurs plantées par feu Gaëlle. « Nous jouons à l'apprenti sorcier »... Evidemment, Yolande n'avait pas compris. Mais moi, j'avais lu les Légendes des Ancêtres.

Lentement, ma main plongea dans ma poche, en retira la mystérieuse boule ronde que Gaëlle avait tenté de lancer sur moi afin de m'éteindre.

J'étudiai l'engin. Une sphère de six centimètres de diamètre environ, munie d'un orifice de la grosseur du pouce, qui s'enfonçait jusqu'au centre de la boule et au fond duquel surgissait un bouton.

Il n'était pas difficile de deviner le « mode d'emploi » : du bout du doigt on appuyait sur le bouton, et on jetait la boule sur l'adversaire.

Oui, mais... Que se produisait-il alors ? Quels étaient les risques pour celui qui lançait l'engin ? J'aurais pu l'apprendre en effectuant un essai... mais ensuite la boule serait inutilisable et je ne disposais que de celle-là.

— Que vas-tu faire, Micaël ?

— Je ne sais pas exactement.

J'ajoutai :

— Quoi qu'il arrive, je ne t'abandonnerai pas.

Elle me sourit sans me voir.

— On dit ça... murmura-t-elle. Mais Gaëlle...

— Il n'y a plus de Gaëlle. Les Noirs l'ont éteinte.

Elle frissonna et murmura :

— Et tu annonces cela avec tranquillité !

— La regretterais-tu ?

— Je la haïssais, dit-elle doucement. Tu le sais bien. C'était un des chefs des Scientistes qui prétendent bouleverser le monde... Déjà, ils ont éteint mes yeux ! Un jour, par imprudence, ils éteindront le monde. Moi, je ne le verrai pas. Mais tu le verras, toi, Micaël. Tu le verras !

Elle s'exaltait, et je n'avais nulle envie de perdre encore du temps. Je dis très vite :

— C'est promis. Je reviendrai dès que possible. Sois tranquille, Yolande, je ne t'abandonnerai pas.

*
* *

Je sortis. Les rues étaient désertes. Josiah, à la télé, avait presque certainement donné l'ordre de ne pas sortir. Cela favorisait mon dessein car, dans ces conditions, aucun Noir ne pouvait me surprendre : je l'aurais repéré de très loin.

Je me dirigeais vers mes Polarais quand j'entendis, au-delà de la Ville, des hurlements, des cris de fureur. Des éclairs laiteux germaient au-dessus des toits, au-delà du faubourg ouest.

Josiah attaquait le Refuge des Scientistes ! Cela calma ma colère. Le combat serait tôt terminé, et les Scientistes, avec leurs armes nouvelles, allaient me débarrasser de Josiah et des Noirs.

Après quoi, avec les Polarais que j'allais récupérer, j'attaquerais le Refuge des Scientistes, probablement à la tombée de la nuit.

Cependant, pour préparer cet assaut, j'avais besoin de connaître les effets des armes dont disposaient les compagnons de Galil et de Gaëlle.

Je m'élançai vers le Refuge.

CHAPITRE 17

Spectacle fascinant ! Je m'étais adossé à une maison. J'ignorais où se trouvait Josiah mais, j'en étais certain, il voyait tout, comme moi... et il devait se ronger les poings.

Le ciel, mi-couvert, paraissait très clair au loin, au-dessus de la forêt. La soirée serait belle, du moins pour ceux qui vivraient encore. Et parmi les Noirs, il en resterait très peu.

Je regardais, fasciné, l'agonie de Josiah et des Noirs.

*
* *

Le Refuge était un grand bâtiment construit, comme toute la Ville, avec les pierres retirées des ruines de la Cité des Ancêtres. Sa façade comportait une vingtaine de fenêtres. Il n'y avait pas de volets, bien sûr : à part peut-être quelques Scientistes « opérés », nul n'était incommodé, de nuit, par la clarté de la lune ! Le toit était en tuiles rouges. (Il y avait une carrière d'argile au nord, à la lisière de la forêt).

Le combat se déroulait sous mes yeux de la façon suivante... si l'on pouvait appeler cela un combat ! Flux des Noirs, groupés à quarante ou cinquante, et qui avançaient lentement, évitant de leur mieux les obstacles qu'ils n'entrevoyaient qu'à quelques pas.

La vague arrivait à une trentaine de mètres du Refuge. Alors, là, quelques Scientistes adossés au mur (je n'en voyais guère qu'une dizaine, probablement ceux dont on avait opéré les yeux) levaient le bras et lançaient quelque chose.

Cela tombait aux pieds des assaillants et s'embrasait aussitôt, avec un léger chuintement. Quand je dis « s'embrasait », c'est que je ne trouve pas le mot exact. Au cours d'un orage, quand un éclair frappe un arbre, cela provoque une grande clarté, un éblouissement passager... du moins pour moi.

Là, c'était pire. Dix fois la luminosité d'un éclair. A peine supportable à distance.

Et une odeur... de viande grillée. Mon sens de l'odorat n'est pas très développé, j'ai pu le constater par comparaison avec mes condisciples de l'Ecole. Sans doute est-ce dû au fait que ma vue est exceptionnelle. Aussi, pour que je sente cette odeur à cette distance, il fallait que les petites sphères lancées par les Scientistes causent des ravages dans la chair des Noirs !

Ces sphères, me semblait-il, n'étaient que de très puissants aveugleurs dégageant, outre leur éblouissante clarté, une chaleur de brasier. Mais j'avais une certaine expérience des aveugleurs, et je me demandais comment les Scientistes s'y prendraient pour éteindre définitivement leurs adversaires. Sans doute disposaient-ils d'une autre arme ?

Car, je n'en doutais pas, après une période d'éblouissement plus ou moins longue, les fuyards verraient de nouveau et se relanceraient à l'attaque. Pourtant, ils n'y paraissaient guère disposés ! Des dizaines d'entre eux gisaient sur le sol, inertes on hurlant de douleur, et les autres s'éloignaient, affolés, trébuchant sur les pierrailles.

Une nouvelle vague humaine monta à l'assaut, fut balayée comme les précédentes... Puis une autre, une autre encore...

Et soudain, je repérai Josiah.

*
* *

Il était debout, au milieu de sa réserve de Noirs (il en restait à peine cent !). Cent Noirs, voilà ce qui restait des troupes du colonel Josiah !

Je devinais sa rage et son désespoir. Aussi bien que moi, il voyait l'adversaire ainsi que ses Noirs qui hurlaient ou gémissaient, et ceux qui s'enfuyaient au hasard, loin déjà dans la campagne ensoleillée.

Mais ses hommes ne voyaient rien de tout cela. Les plus doués d'entre eux parvenaient à voir à dix pas, c'est tout. Or les Scientistes lançaient quatre fois plus loin leurs redoutables sphères ! Elles tombaient près des Noirs sans que ceux-ci aient seulement entrevu l'ennemi.

Oui, je devinais le désespoir de Josiah. Il ne pouvait abandonner le combat. Une retraite eût sonné la fin de ses ambitions. Jamais les survivants ne lui eussent pardonné cette hécatombe inutile. Il avait joué et perdu.

Restait à payer en finissant en beauté. J'eusse agi comme lui.

Il lança des ordres d'une voix furieuse et prit la tête des Noirs pour un nouvel... et dernier assaut, qu'il dirigeait lui-même.

Or, que pouvais-je en attendre, moi qu'ils ne connaissaient pas, alors que Galil et sa nièce étaient éteints ? Quelques minutes encore, et les Scientistes triompheraient définitivement. Rien ni personne ne pourrait plus s'opposer à eux. Même avec mes Polarais, je ne pouvais rien contre eux, je le savais désormais.

Je ne serais même plus capitaine de Noirs : avec eux, il n'y aurait plus de Noirs. Et d'ailleurs, grâce aux Polarais, ils finiraient par apprendre que j'avais fait éteindre Gaëlle. J'avais tout perdu, comme Josiah.

*
* *

C'est alors que je me souvins des quelques renseignements que m'avait communiqués Yolande.

«... la nécessité de ne pas utiliser ces armes à l'intérieur du Refuge...

« Cela provoquerait une effroyable catastrophe. »

De toute évidence, une « effroyable catastrophe » *pour les Scientistes.* Ils se moquaient des autres, et surtout des Noirs.

Distraitement, je palpais la petite sphère dans ma poche...

Là-bas, Josiah, dague au poing, avait pris la tête de ses Noirs et les entraînait vers le Refuge. Un combat inégal... Un suicide. Mais c'était beau.

« Cela provoquerait une effroyable catastrophe ». Pouvais-je permettre aux Scientistes de triompher alors que,

par la suite, je ne pourrais me débarrasser d'eux ? Non, cent fois non ! D'ailleurs, j'étais un Noir, et j'avais partie liée avec les Noirs.

J'abandonnai le mur sur lequel je m'appuyais et je me mis à courir vers le Refuge. Seul Josiah aurait pu me voir, mais il me tournait le dos.

Les éclairs laiteux commencèrent à jaillir quand il fut à une quarantaine de pas. Les Noirs hurlèrent. Certains tombèrent, d'autres s'enfuirent.

Josiah secoua la tête et continua à avancer. Je l'admirais. Il se comportait en vrai Noir : plus aucune chance, mais avancer quand même.

Je n'étais plus très loin de lui, et je continuais à courir. Isolé comme je l'étais, j'espèrais qu'aucun Scientiste ne consentirait à gaspiller une sphère pour un homme seul.

Quand je fus à bonne distance, je tirai de ma poche la boule que j'avais prise à Gaëlle. J'enfonçai mon doigt, j'appuyai sur le bouton...

Je lançai l'engin droit dans une des fenêtres du Refuge. Et tout de suite je m'aplatis sur le sol, visage contre terre, les yeux fermés.

*
* *

Il y eut un formidable chuintement. Et le soleil tomba sur la terre. Il m'éblouissait à travers mes paupières.

Puis tout se calma. J'ouvris les yeux.

Le soleil était mort. La preuve, c'était qu'en plein jour, je me relevais dans une quasi-obscurité. Cet arbre à ma gauche, à dix pas, je le devinais à peine. Du côté où se trouvait Josiah, cela hurlait, pleurait à grands cris, et j'entendais des claquements de galopade affolée.

Qu'est-ce que cela signifiait ? Où était passé le jour ? Machinalement, je passai la main sur mes yeux afin d'ajuster mes lunettes... mais je ne portais plus de lunettes !

Les clameurs s'éloignaient. De ci de là, on gémissait encore. Après une longue hésitation, je me mis en marche vers le Refuge qui avait sombré dans cette nuit soudaine. Il me fallut plusieurs minutes pour que la vérité s'imposât.

Le soleil brillait toujours au-dessus de ma tête, mais je ne le voyais plus qu'à peine. Rien n'avait changé, sinon moi. Qui, chez les Ancêtres, a écrit : « Tout ce qui nous entoure n'est qu'irréel, puisque nous ne percevons le monde que grâce à nos sens, et si ceux-ci nous font défaut nous ne percevons plus rien, bien que vivants » ? Ce qui nous entoure ne serait-il qu'une création de nos sens ?

Peu à peu, le gémissement des blessés se calmait. Le silence tombait. Je continuais à marcher presque à tâtons, évitant les cadavres des Noirs horriblement brûlés.

Puis je ne pus réprimer une exclamation. Dans le champ réduit de ma vision défaillante, j'apercevais un officier Noir, qui me faisait face et que je reconnaissais.

Mais qui ne me voyait pas. Josiah.

Oui, il regardait droit vers moi, et il ne me voyait pas. Quand j'avais lancé l'arme inconnue dans le Refuge, j'avais fermé les yeux et je m'étais aussitôt allongé face contre terre. Mais il ne le savait pas, lui ! Il avait été aveuglé par l'insoutenable clarté provoquée par les armes du Refuge qui avaient flambé toutes à la fois. Aveuglé... ou aveugle ? Tout comme les Noirs qui s'étaient enfuis en trébuchant... Aveuglés pour un temps, ou aveugles pour toujours ?

— Achevez-moi, murmura Josiah.

Je crus qu'il m'avait reconnu et je dis :

— Pourquoi vous éteindre ? Vous ne voyez plus, n'est-ce pas ?

— Micaël ! Ah, je préfère que ce soit toi. Jamais je n'aurais cru que tout s'écroule si vite. Qu'un simple accident de parcours puisse présenter une telle importance ! Et tu es seul à pouvoir comprendre, parce que ta vue était égale à la mienne.

Il plaça ses mains sur ses yeux.

— Quelques dixièmes de seconde à peine... Mais c'était insoutenable !... Est-ce définitif ? Peut-être pourra-t-on... Mais non ! Il n'y a plus de Scientistes... Et d'ailleurs, ils refuseraient ! Micaël...

— Oui, dis-je sèchement. Micaël, à qui vous avez fait transmettre l'ordre de ne jamais se présenter devant vous. Eh bien, je me présente, colonel Josiah. Si quelques Noirs rôdent encore autour de nous, faites-moi éteindre. Je ne vois plus qu'à quelques Vues.

— Et moi, je suis aveugle, gronda-t-il. Je ne vois plus rien, rien du tout !

Après un temps, il gronda :

— Mais ça ne durera pas, ça ne peut pas durer !

Puis, plus calme :

— Que reste-t-il des Scientistes ?

— Je l'ignore. Mais d'après l'insoutenable clarté...

— C'est cela... Il n'y a plus de Scientistes... Il n'y a plus de Noirs. Ce monde est livré à lui-même, sans chef... Dès cette nuit, ce sera l'anarchie, les instincts libérés... Micaël, j'ai vu les envahisseurs se prosterner devant toi.

— Ils m'obéissent, dis-je à voix basse.

— Micaël, le Général-Délégué n'est plus qu'une épave. Avec les envahisseurs, prends le pouvoir à sa place. Tu rétabliras l'ordre. Le pays continuera à vivre dans la tranquillité.

— Oui, dis-je doucement, je crois que c'est ce que je vais faire.

Il soupira puis fit :

— Achève-moi !

— Non, fis-je sèchement. D'autres s'en chargeront peut-être. Pas moi.

— Pourquoi ?

— Les loups ne se dévorent pas entre eux, dis-je.

Puis, je lui tournai le dos, et je revins vers la ville.

*
* *

...Quand j'entrai dans la Ville, j'avais jeté mon casque au hasard : il devenait inutile, puisque j'allais vers mes Polarais qui vénéraient ma Lumière. Cependant, par habitude, je dérayais.

La populace hurlait déjà. Certains avaient compris qu'il n'y avait plus aucune autorité pour freiner les instincts. Le malheur, c'est que je ne voyais toujours pas au-delà de quelques Vues, et j'avais beau me dire « Ça passera ! » mon moral était très bas.

J'arrivais devant le magasin de chaussures de la Ville-Ouest (magasin d'Etat comme les autres, bien entendu) quand un groupe surgit dans mon champ de vision. Quatre hommes, armés de gourdins et de barres de fer. Ma Lumière était normale, aussi ils ne me virent qu'à trois pas, mais ils éclatèrent de rire.

— Un autre !

— Et c'est du beau gibier ! Un officier !

— Un capitaine ! Laissez-le moi : vous en avez éteint un chacun. A mon tour !

L'homme, petit, replet, tenait un gourdin. Il fit un pas en avant.

— Alors, mon bel officier, on tâtonne dans les ténèbres ? On est devenu aveugle et on s'enfuit au hasard dans les rues ?

Pour qu'il dise cela, il fallait qu'il ait déjà rencontré des fuyards, et qu'il ait constaté qu'ils étaient aveugles. Il reprit avec haine :

— Vous étiez les rois, hein, vous, les Noirs ? Vous ne vous priviez pas pour éteindre ceux qui ne vous plaisaient pas ? Eh bien, toi, l'officier, tu as une tête qui ne me revient pas, et je vais t'éteindre !

Il leva son gourdin. Sans la moindre précaution puisqu'il me croyait aveugle. Et il y eut un indicible étonnement dans son regard quand ma dague lui trancha la gorge d'une oreille à l'autre.

A l'intention de ses compagnons, je grondai, arme au poing :

— Fuyez ! Je vous fais grâce !

Aucun des trois n'insista. Livides, ils reculèrent et disparurent de mon champ de vision.

Je m'essuyai le front. Je me disais que, avec vingt Noirs aux yeux intacts, j'aurais pu conquérir la Ville. Mais s'il y avait eu vingt Noirs aux yeux intacts, jamais le peuple n'aurait osé attaquer un officier. Jamais.

Alors, je repris ma marche vers les Polarais, dague au poing.

INTERLUDE

Ils avaient attendu, passifs, le retour du Flamboyant, du Seigneur. Celui-ci ne leur avait-il pas ordonné d'attendre ?

Ils attendaient. Ils ne savaient même pas que la Ville commençait à une centaine de mètres, et qu'ils auraient pu s'en emparer. Ils ne voyaient pas à cette distance.

Ils s'étaient assis sur le bord du sentier, dans l'herbe verte (ils discernaient les couleurs) et l'un d'eux, un poète, anticipait en racontant ce que serait leur existence dans ce nouveau monde où la nourriture ne manquait pas et où leur supériorité visuelle ferait d'eux des chefs vénérés.

Certes, ils avaient entendu, au loin, les clameurs du combat. Mais cela ne les concernait pas. Le Seigneur leur avait ordonné d'attendre.

Le temps passait. Vaguement, ils entrevoyaient le soleil, resplendissant entre deux nuages.

Le Flamboyant avait promis de revenir, et les Flamboyants ne mentent jamais.

Et il revint. Et il leur dit :

— Venez. Moi, Micaël, je vous donne ce monde.

TROISIÈME PARTIE :

MICAËL LE ROUGEOYANT

CHAPITRE 1

Mon nom est Micaël. Oui, comme cet imbécile de Général-Délégué que nous supportons depuis si longtemps, lui et ses Polarais qui ne sont même pas de notre race.

Je regarde de loin ce type qu'on emmène pour l'éteindre. Un Flamboyant. Mais je regarde de façon distraite. Depuis quelques jours, on éteint tous ceux qui ont une Lumière un peu anormale, surtout quand elle est blanche. Ça a commencé quand le Général-Délégué et ses Polarais ont cessé de les protéger. Pas moyen pour eux d'agir autrement : ils ne sont pas assez nombreux.

Je les déteste, ces charlatans de Flamboyants qui, depuis des années, avec la bénédiction du Général-Délégué, sont ligués contre le peuple sous le prétexte de lui rendre la vie plus facile.

Au cas où vous ne sauriez pas de quoi il s'agit, je vais vous l'expliquer.

*
* *

Il y a eu d'abord le Grand Ralliement. Après la catastrophe, quand le Général-Délégué Micaël (comme moi !) a pris le pouvoir avec ses Polarais, personne n'a bougé. Personne. On était habitué aux diktats. Lui ou un autre, n'est-ce pas ?

Au début, de ci de là, les gens ont récupéré des Noirs aveugles. Ils ont demandé au Général-Délégué :

— Qu'est-ce qu'il faut en faire ?

Il a répondu par la bouche de son suppléant (un Polarais bien sûr !) :

— Laissez-les. Ne leur faites aucun mal.

C'est sans doute parce qu'il vit avec une aveugle ! On ne leur a fait aucun mal. Aucun bien non plus. On les a ignorés. On les rencontrait au hasard dans la campagne, errant en tâtonnant, implorant un peu de nourriture... eux, les Noirs !

Quand j'étais tout gosse — je marchais à peine ! — je n'avais qu'un désir : devenir un Noir. Malheureusement, les tests que j'ai passés n'étaient pas favorables. Malheureusement ? Heu... C'est avec une certaine épouvante que je me dis maintenant :

— Et si j'avais été admis ?

Car des Noirs, il n'y en a plus, sinon quelques-uns qui rôdent autour de la Ville, à moitié morts de faim. Le Général-Délégué a essayé de les rassembler en leur promettant tout ce qu'on peut promettre à des vaincus. Toujours parce que sa femme est aveugle ! L'imbécile ! Comme si pour lui il n'y avait pas d'autres femmes, normales, sans doute aussi belles, et aucune n'aurait refusé de coucher avec lui.

Mais les Noirs n'y ont pas cru. Et ils ont continué à

rôder. Peu à peu, on les a éliminés. Facile, avec des aveugles.

Et comme il n'y avait pas d'autre force organisée que les Polarais, eh bien ce sont ces derniers qui ont fait la loi. Oh, ils ne sont pas méchants ! Ils sont même moins durs que les Noirs. Et c'est ce qu'on leur reproche.

*
* *

Dans les débuts, tout allait bien. Je veux dire « tout allait comme autrefois », d'après ce qu'en disent les vieux. On a appris (papa me l'a expliqué) que le Général-Délégué avait eu beaucoup de mal à faire régner l'ordre. J'en ai déjà parlé au sujet des Noirs. L'Ordre ! Mais qu'est-ce que ça signifie actuellement, L'ordre ? Le pouvoir absolu entre les mains d'un seul : le Général-Délégué.

Oh, je sais ! On dira que c'était déjà ainsi avant lui. On dira qu'il fait tout ce qu'il peut pour que « le peuple » bénéficie du progrès. Bénéficier ! Le peuple ! On voit bien que ni lui, ni ses Polarais ne sont aux prises avec nos problèmes !

Certes, il a décidé que la viande serait désormais distribuée gratuitement à ceux qui n'ont pas les moyens d'en acheter. Mais qui c'est, ceux-là ? Papa a un petit emploi à l'usine des piles, et donc il n'a pas droit à la viande gratuite. Et nous bouffons des patates, et encore des patates.

Nos voisins, les Anliz, possèdent deux maisons, mais n'ont pas d'emploi. Ils y ont droit, à la viande. Mon père n'a pas de maison, lui. Il paie un loyer. On ne pourrait pas d'abord leur en faire vendre une, pour égaliser les chances ? Encore leur resterait-il l'autre, qu'ils habiteraient sans payer !

C'est ça, la civilisation des Flamboyants blancs. On ne veut plus de misère, mais la seule chose qu'on taxe c'est le revenu que chacun retire *de son travail.* L'un n'est pas miséreux, puisqu'on le paie. L'autre, qui vit les mains aux poches, c'est un crève la faim puisqu'il ne travaille pas. A lui la viande, le bois de chauffage et les allocations...

Autre chose encore : ceux que les Polarais ont choisi pour diriger. Ils sont quelques centaines qui occupent des fonctions officielles. Ce sont des rois. Car on ne peut rien faire sans eux, sans leur autorisation. Tout est réglementé. Si vous êtes en bons termes avec l'un d'eux, crac, ça y est, vous avez l'autorisation. Sinon... eh bien, vous attendrez jusqu'à ce qu'on vous enterre.

En somme, ou bien vous êtes pour les Polarais et leur religion du bonheur social imposé, et vous avez tout. Ou bien vous êtes contre — ou pas pour eux, c'est pareil — et vous n'avez rien. Ils ne vous font aucun mal. Ils ne vous accordent aucun avantage, voilà tout, même si vous le méritez.

Le plus fort, c'est que ce système a marché pendant très longtemps, puisque j'étais encore un bébé quand les gens se prosternaient devant le Général-Délégué Micaël. Il est vrai qu'ils en avaient connu de dures ! La famine, la première année, parce que les culs-terreux, après l'invasion des Polarais, l'explosion du refuge, avaient pris peur et avaient caché les récoltes.

Là, le nouveau Général-Délégué Micaël avait commencé à donner la preuve de son incompétence. Au lieu d'ordonner des fouilles, des perquisitions, des sanctions, il avait fait savoir à la télé que « dissimuler les récoltes était le fait de très mauvais citoyens ». C'est tout.

Il avait beaucoup changé, disaient ceux qui l'avaient connu autrefois. Sa Lumière s'était épanouie.

Sa Lumière ! Parlons-en. Elle n'est pas de la même couleur que la mienne ou que celle de mes copains. On est tous d'accord à ce sujet. Depuis l'explosion du Refuge, on parvient à différencier certaines couleurs.

Notre Lumière est rougeâtre. Sais pas pourquoi. La sienne est blanche.

La plupart des jeunes gars rougeoient aussi, malheureusement nous ne pouvons guère discuter entre nous car nous habitons loin les uns des autres et, bien que notre vision se soit améliorée, il n'est pas facile de se promener hors de la Ville. Dans les rues, on reconnaît tout de suite les maisons, les portes, les trottoirs. On sait où on est. Hors de la Ville, faut être un cul-terreux pour savoir que tel arbre indique l'amorce d'un autre sentier !

Je dis tout ça comme ça se présente dans ma tête, en vrac. Tenez, de nouveau je pense au Général-Délégué. Pourquoi vit-il avec une aveugle, lui qui pourrait prétendre aux plus belles femmes du pays ? Et il n'éprouve aucune passion pour elle, c'est bien connu !

Il lui parle avec déférence, comme si elle était sa supérieure. Vous connaissez des gens qui ôtent leur chapeau en public devant la femme qu'ils aiment ? Tout ça, c'est du chiqué. Il nous trompe de ce côté-là comme de beaucoup d'autres.

Yolande, elle s'appelle. Paraît que c'est une ancienne femme de ménage !

Faut être cinglé pour vivre, quand on est Général-Délégué, avec une ancienne femme de ménage, aveugle de surcroît ! Vraiment, on le supporte depuis trop longtemps. Je le leur ai dit, aux gars du Mouvement à la dernière réunion où je suis allé.

Ça aussi, faut que je l'explique. Pas facile, d'aller aux réunions clandestines ! Le Général-Délégué et ses Polarais ont imaginé un truc. Pas de brutalités, pas de prison, pas de jugement...

Mais la « remise en question ». Quand on nous prend en faute, nous, jeune, on est très poli, très gentil. Fiche d'indentité, numéro matricule... Et on remet tout en question. Oh, gentiment ! On va chercher le dossier du père, de la mère, et peut-être des arrière grands-parents, j'en sais rien !

Alors, ensuite, quand nous demandons un emploi... Faut pas y compter. Tout ce qu'on vous offre, c'est de vous recycler à la campagne dans la culture des pommes de terre. Vivent ceux qui sont dans la ligne du Général-Délégué et de ses Polarais, et que crèvent les autres !

On prétend que ça a toujours été la même chose sous tous les régimes. Possible ! Si j'étais Général-Délégué, j'agirais sans doute de cette façon... mais ce serait pour le bonheur du peuple !

Tout ça a très bien marché pendant quelque temps, parce que les Polarais nous étaient supérieurs du point de vue visuel. Si je peux dire ! Mais voilà que, quelques mois après la formidable explosion du Refuge scientiste (j'étais un bébé, on m'a tout raconté ensuite) peu à peu notre vision s'est améliorée, surtout celle des jeunes.

Ainsi, je vois facilement à trente pas (je l'ai mesuré) je perçois les couleurs, et d'année en année cela s'améliore. Par contre, il semblerait que cela ne se soit pas produit pour les Polarais. Heureusement !

Pourquoi ? Les Scientistes d'autrefois auraient peut-être pu l'expliquer, mais le Général-Délégué les a éteints en faisant sauter leur Refuge et les quelques rescapés, s'il y en a eu, ne se sont jamais manifestés. De toutes façons, il ne les aurait jamais tolérés : parlez-lui de Science, il vous fait éteindre.

*
* *

Moi, Micaël (comme le Général-Délégué... je sais, j'insiste, mais tous ceux qui me rencontrent pour la première fois ne peuvent s'empêcher de le remarquer) je vais vous dire. Le Général-Délégué est cinglé. Au début, soit, il ne se comportait pas trop mal. La Ville, paraît-il, était à feu et à sang, et il a remis de l'ordre grâce à ses Polarais.

Il y en a eu, des gens qu'on a éteints ! Même de ceux qui s'étaient débarrassés des Noirs aveugles ! Et il était devenu Général-Délégué parce qu'il les avait aveuglés ! Alors, la Justice divine, qu'est-ce qu'elle fait dans tout ça ? Difficile à admettre, non ?

Et puis, peu à peu, il s'est amadoué. Je crois que sa Yolande l'y a poussé. L'aveugle. Il paraît qu'il l'avait connue quand il avait mon âge. Je vous dis qu'il est cinglé ! Tomber amoureux d'une aveugle ! Moi, j'ai Gina, et je vous jure qu'elle voit aussi bien que moi, et même mieux, oui, ce qui ne me plaît pas du tout. Bon, soit. Mais depuis qu'il est Général-Délégué, qu'a-t-il fait ?

CHAPITRE 2

Eh bien, c'est de ça qu'on discute ce soir, à la Réunion.

Il ne nous a pas fallu longtemps à nous, les jeunes, pour comprendre qu'on n'était pas tout à fait comme les autres depuis l'explosion du Refuge. Pas tout à fait comme les plus vieux. (ça a le don de faire rigoler le petit Sato, celui qui a la peau un peu jaune. Chaque fois qu'il pleut, il accuse les vieux, à haute voix, dans la rue. Et les vieux ne répondent rien. Ils s'en vont, les lèvres pincées, le dos un peu courbé. « Vous, les plus vieux ! »...

Que voudriez-vous qu'ils disent ? S'ils répliquent, on fonce sur eux, dix à la fois !

Non, il ne nous a pas fallu longtemps pour nous réunir, les jeunes dont la Lumière était rougeoyante. Au début, on acceptait tous ceux qui rougeoyaient. Mais il y en avait trop qui pleuraient dès que leur père les giflait, alors on a imaginé les « épreuves ».

Pour prouver qu'on était un homme, un vrai. Duels au

couteau, sauts dans les flammes... etc. Tous ceux qui se dégonflaient étaient éliminés malgré leur Lumière rougeoyante. Ils avaient, certes, les mêmes idées que nous (on sait depuis quelque temps que la Lumière prend la couleur des idées) mais c'étaient des gars hypocrites, qui désiraient bouleverser « l'ordre établi » par en-dessous, non en face.

Moi, Micaël, je ne mange pas de ce pain-là. On se groupe, on attaque franchement, puis on se replie quand on a éteint quelque Polarais isolé ou quelque bourgeois qui n'a pas le temps de hurler « au secours ». Ou quelque fille, quand on en a envie. Ça, c'est propre.

Le Général-Délégué a mille fois tenté de dissoudre nos équipes. Pauvre diable ! Avec une centaine de gardes (tout ce qui lui reste !) comment viendrait-il à bout de notre action ? Presque chaque soir naissent des bagarres, et souvent on s'amuse à attendre les Polarais pour en éteindre quelqu'un.

Or, il ne peut les renouveler, ses gardes. Si bien que... je disais cent ?... Oh non, il ne doit pas en rester plus de cinquante. Le jour où on voudra, on se groupera et on les éteindra tous en une ou deux heures. Et alors... Pourquoi nous, les jeunes, on ne prendrait pas la direction du pays ? Ça n'irait peut-être pas mieux, mais certainement pas plus mal !

Nous, les Rougeoyants, on sait que l'avenir est à nous. Rien ne nous arrêtera. Trop tard. Que sera-t-il, cet avenir ? On n'en sait rien. L'essentiel, c'est de démolir le présent. On saura toujours reconstruire. On n'est pas plus bêtes que ceux qui nous ont précédé, non ?

Un jour, le Général-Délégué a accordé une audience aux jeunes, et il a demandé à Carl :

— Mais enfin, que voulez-vous ?

— On veut vivre autrement. On en a assez de ce monde où ce sont les gens âgés qui font les lois... conçues pour eux, bien sûr.

— Vous désirez un monde différent ?

— C'est ça.

— Eh bien, dit le Général-Délégué surpris, pourquoi restez-vous ici ? Pourquoi ne tentez-vous pas de traverser la forêt pour atteindre d'autres pays, d'autres Villes ? Elles existent, c'est certain. L'une d'elles serait peut-être à votre goût.

Et Carl a répondu :

— Ce n'est pas ça qu'on veut. On veut rester ici.

— Alors, que désirez-vous exactement ? (1)

... Carl nous a dit :

— Ce salaud-là souriait. Il ne se rendait pas compte de la vie qu'on menait, et qu'on ne savait que faire depuis qu'ils nous obligeaient à aller à l'école jusqu'à dix-huit ans ! Qu'est-ce qu'on y fout, à l'école ? Rien, après 13 ou 14 ans. On le sait tous. Sortir de l'école à dix huit ans, en connaissant la Logique, la Langue des Ancêtres, et toutes choses du même tonneau, ça sert à quoi ? Ils prétendent que « ça nous forme ». Tu parles ! Ça nous forme à manier les gourdins ou les barres de fer.

Il a repris devant nous, Carl :

— J'y ai dit : « Il y en a qui veulent quitter l'école à douze ou quatorze ans ! Acceptez ! ».

Il a répondu (et sa Lumière était si brillante que je clignais des yeux) :

(1) L'auteur rappelle qu'il s'agit d'un microcosme, avec quelques milliers d'habitants, et où évidemment des centaines d'Universitaires seraient obligés, après l'obtention de leur diplôme, de balayer les rues ou de vider les fosses d'aisance.

— Mon petit ! Quand tu seras plus âgé tu le comprendras : on n'a jamais assez de connaissances !

Moi :

— Ouais... Mais il y en a qui n'apprennent rien du tout après douze ans !

Ça l'a démonté pendant quelques secondes, puis il a répliqué :

— L'égalité, mon petit. Je ne peux pas accorder à certains ce que je refuserais à d'autres. L'égalité doit s'établir par le haut, non par le bas.

— Mais ceux qui n'y parviendront pas, qui savent qu'ils n'y arriveront jamais ?

Il a fermé les yeux.

— Je sais. L'égalité... Une chimère. Mais comment veux-tu que je trie les gosses ? Tous les parents croient que leur enfant est génial.

*
* *

... Carl le dévisageait, les yeux plissés.

— Vous prétendez que l'on devrait établir une sélection à un certain âge ?

— Je crois que ce serait nécessaire, répondit le Général-Délégué. Mais dans l'état actuel des choses c'est impossible, parce que les trois quarts des sélectionnés viendraient des classes privilégiées, et que...

Il se tut soudain, ouvrit les yeux et reprit sèchement :

— Voyons, que voulez-vous ? Que la scolarité soit limitée à treize ou quatorze ans pour les enfants qui le demandent ? Mais les parents ?

— Il n'est pas question de ça ! grogna Carl. Tous les jeunes ont droit à l'instruction jusqu'à dix-huit ans !

— Voilà cinq minutes, mon jeune ami, vous me demandiez le contraire.

*
* *

Devant nous, Carl parlait à voix normale, sans trop de gueulantes. Fallait pas qu'on nous entende dehors. Il disait simplement. (enfin, pas trop simplement, il y avait des mots dont le sens m'échappait, mais je me consolais en pensant qu'il ne les comprenait pas davantage. Ça, c'est sûr.) Il n'est pas très intelligent, Carl. Oh, je sais ! Il a compris que si on parvenait à éliminer le Général-Délégué et ses Polarais (les autres, dans la Ville ou dans la campagne, ne bougeront pas, ils sont amorphes comme des veaux !) nous, les jeunes, on prendrait le pouvoir.

Et bien sûr il croit qu'il serait alors désigné pour remplacer le Général-Délégué. Voire ! J'ai des amis moi aussi.

*
* *

Une fois de plus, Carl essayait de se camper au premier plan.

— Le moment est presque venu ! Mais faut attendre encore un peu... Il dispose d'une cinquantaine de Polarais qui ont des armes... Nous pas.

C'est alors que je me suis levé et que j'ai crié :

— Y en a marre d'attendre ! On est plusieurs centaines... sans compter ceux qui nous rejoindront quand on aura réussi. Faut éteindre les Polarais et le Général-Délégué !

On aurait cru que la foudre lui tombait dessus, à Carl. Des yeux ronds, il avait. Oh, il savait que ma lumière était aussi rougeoyante que la sienne, mais il avait trois ans de plus que moi et il me prenait pour un gosse. C'est lui qui vieillissait, oui ! Il s'embourgeoisait.

Pendant une trentaine de secondes, j'ai eu mal au ventre. Personne ne répondait ! On était près de deux cents dans la grande salle, mais personne ne bougeait ! Foutu. J'étais foutu. Ils allaient me chasser de la bande.

Trente secondes. Mal au ventre, mal au cœur. Et tout à coup, la délivrance. Je suppose que c'est pareil pour une femme qui accouche. Toute anxiété, tout trouble disparu.

On hurle :

— Oui ! Il a raison ! Eteignons les Polarais et le Général-Délégué !

Carl me regarde d'un œil torve, mais il n'est pas stupide au point de protester.

— Je n'osais pas vous le proposer, mais bien sûr le plus tôt sera le mieux ! grogne-t-il. On va mettre ça au point.

Je gueule :

— Un moment !

Silence. Décidément, je suis « quelqu'un ». Ils me regardent tous, surpris.

— Voilà, dis-je. Dans de telles circonstances, il faut prévoir. Rien ne prouve que les vieux de la Ville ne s'organiseront pas pour lutter contre nous.

— Des dégonflés !

— Oui, mais grâce à leur nombre ils arriveront à nous éliminer si nous ne prévoyons pas tout de suite ce que nous ferons quand le Général-Délégué et ses Polarais seront éliminés. Je propose un commandement unique.

— Oui, oui !

— Hé, crie Carl... Un moment !

Il fait une sale tête, Carl. Mais je ne le crains pas. Bien que plus jeune, je suis aussi solide que lui et habitué à me battre. On a beau dire (c'est un bruit que le Général-Délégué fait circuler : « Pour résoudre les problèmes, soyez patients, doux et compréhensifs... »), on a beau dire, c'est presque toujours le plus fort qui triomphe.

Pas celui qui a la plus grande Lumière. D'ailleurs, je l'ai déjà dit, il n'y a plus chez nous de grande Lumière, sinon celle du Général-Délégué. Les autres, on les a éteintes.

Si Carl s'imagine que je ne suis pas de taille à lui résister, et même à le vaincre, il se fourre le doigt dans l'œil.

*
* *

— Hé ! fait-il de nouveau. Un commandement unique, d'accord. Mais un commandement collégial. J'ai horreur de la dictature.

Avant que j'aie pu répondre quoi que ce soit, il passe son bras sur mes épaules :

— Micaël et moi, ça ira, oui ?

— Oui !

Ils hurlent tous, enthousiasmés, les imbéciles ! Même mes meilleurs copains. Ils n'ont pas compris. Ça signifie pourtant que, dans les heures à venir, un des deux doit éteindre l'autre.

Un directoire à deux chefs, c'est impensable. Je crois

que ça n'a jamais existé. Trois, oui. Deux, non. Comme disait mon père à ma mère : « Que veux-tu que je fasse si tu me mets toujours des bâtons dans les roues ? ». Jusqu'au jour où (adieu le directoire !) il lui a prouvé que c'était lui qui commandait.

CHAPITRE 3

Il m'a bien eu. Pas de doute.

Je viens de comprendre ça tout à coup, alors que je regardais de loin, maussade, la Lumière de ce Flamboyant qu'ils entraînent vers le sommet de la colline. Comment n'ai-je pas compris tout de suite ?

Il n'y a plus chez nous aucune grande Lumière, sinon celle du Général-Délégué. Or, celui qu'ils vont éteindre a une Lumière extraordinairement brillante, et jaunâtre.

Carl ne m'a rien annoncé et m'a pris de vitesse. Et il a réussi ! Oh, je savais qu'un jour ou l'autre on en arriverait là. Tout de même, me laisser à l'écart ! *Désormais, Carl sera celui qui a pris et éteint le Général-Délégué.* Et moi, me voilà repoussé au second plan... aux deuxièmes rôles.

Le salaud. Il a rassemblé ses partisans, ils ont envahi le Palais, sans m'en avertir, sans rien me dire ! Ça n'a pas dû être très difficile (il y a longtemps que j'y songeais) puisque les trois quarts des Polarais patrouillent sans cesse dans la Ville et dans la campagne et qu'il n'en reste même pas cent. On avait envisagé, au cours d'une réunion précédente, de s'en débarrasser, et j'avais dit, je m'en souviens : « Pourquoi ne pas se débarrasser directement du Général-Délégué » ? Ça avait fait mouche... mais ils avaient eu un peu la frousse, les copains.

Ce qui importe pour le moment, c'est que ce salaud de Carl a agi seul, et que si je laisse faire il prendra le pouvoir. Lui rien que lui. A vingt ans. Pas difficile : nous sommes groupés, nous, les jeunes, et on ne peut rien nous opposer sinon les Polarais. Les gens de la Ville ? ils n'oseront jamais se bagarrer : des ramollis.

Alors, lui abandonner le pouvoir, à Carl ? Jamais.

*
* *

Je me mets à courir vers la colline afin de rattraper Carl et ses copains. A peu près certain qu'il n'y a aucun de mes copains à moi, sans quoi ils m'auraient prévenu. Je vais être tout seul et ils sont plus de cent !

Bonne occasion pour Carl de se débarrasser de moi. Quoique, à bien y réfléchir, il n'osera pas. S'ils n'étaient que cinq ou six, soit, il pourrait compter sur leur silence. Mais cent, non. Ça finirait par se savoir chez mes copains, et alors... Non, il n'osera pas.

En me rapprochant d'eux, j'entends leurs exclamations, leurs injures. Bientôt je comprends certaines paroles. Beaucoup crient :

— Avance, garce !

Je commence à me demander (avec espoir) si je ne me suis pas trompé, et si l'on n'éteint pas tout simplement quelque Flamboyante surgie de la forêt.

On peut tout reprocher au Général-Délégué, mais personne ne l'a jamais accusé d'être efféminé.

Je commence à apercevoir les derniers du groupe, qui avance lentement sur le flanc de la colline.

A ce moment-là je me dis que je suis idiot, que je n'arriverai jamais à percer cette masse de cent et quelques gars afin d'atteindre Carl et celui ou celle qu'ils vont éteindre. Faut que je les prenne de vitesse, que je me poste avant eux au sommet de la colline et que je donne l'impression que je les attendais.

J'oblique ma course, hors de la vision normale (et donc je cesse de les voir). J'arrive au niveau du Flamboyant (une immense lumière légèrement teintée de jaune). Ça ne peut être que le Général-Délégué. Mais pourquoi hurlent-ils : « Avance, garce ! »

Je continue à courir. Des cailloux roulent sous mes pieds, mais les copains de Carl gueulent tellement qu'ils n'y prennent pas garde. Je dépasse le groupe et je vais m'asseoir sur un rocher, tout en haut de la colline, et j'attends.

Juste à côté de la croix de bois plantée là, dit-on, avant que l'actuel Général-Délégué Micaël ait pris le pouvoir.

On prétend qu'elle servait à éteindre les Flamboyants. Je me demande comment ils s'y prenaient, à cette époque ! Rien ne vaut la barre de fer.

J'attends, un peu essoufflé. Le rocher est un peu haut, mes pieds ne touchent pas le sol, et il est froid, ça me gèle les fesses. Ils arrivent, oui ou non ? Tortues !

Les clameurs, les cris se rapprochent. Mes pieds battent le rocher. Pendant un moment, j'ai envie, pour rigoler, de me cramponner à la croix dans l'attitude du Supplicié... Mais les voilà.

Le premier rang émerge de la grisaille, poussant

devant lui le Général-Délégué... et une femme. Tiens, ce n'est pas bête. Carl va faire éteindre à la fois le Général-Délégué et son aveugle. Je n'y aurais pas pensé. L'aveugle ne nous a jamais rien fait, et...

Il est vrai que si on ne s'attaquait qu'aux responsables, on n'aurait pas l'occasion d'agir souvent ! Personne n'est responsable. Tenez, supposez que le vent tourne, que le Général-Délégué reprenne sa place et que Carl passe en jugement. Qu'est-ce qu'on leur dit en chœur, aux juges ? « Il a été traumatisé dans sa jeunesse ! Sa mère ne l'aimait pas, son père le battait, il ne mangeait pas tous les jours à sa faim. Le responsable, c'est la Société, oui, monsieur le Président ! ».

Le plus fort, c'est que c'est presque vrai, du moins pour moi. Mais pas pour les vieux qui peuplent la Ville. Un Jury de vieux infligerait à Carl quelques années de prison. Or, j'aurais agi comme lui, et je ne suis pas une canaille.

Ils sont dépassés, les vieux. Ce qu'ils nomment « valeurs morales » a changé. Ce n'est plus comme avant, et ils vont s'en apercevoir. Dès que nous aurons pris le pouvoir, ce qui ne tardera guère.

Le Général-Délégué et son aveugle (il a passé son bras sur l'épaule de la femme et il la soutient car elle chancelle) ne sont plus qu'à une vingtaine de pas. Carl est près d'eux.

Et c'est alors qu'ils m'aperçoivent.

*
* *

Un grand silence ahuri, puis Carl dit à voix haute :

— Micaël ! Qu'est-ce que tu fous là ?

Moi, balançant toujours mes jambes :

— Je vous attendais.

Et, très haut, afin qu'ils entendent tous :

— On était d'accord pour tout, Carl, souviens-t'en. Je t'ai laissé exécuter le plan. Ça ne pouvait échouer : c'était vraiment facile.

Un point pour moi. Désormais, ils croient que j'ai participé au plan d'attaque. Et Carl ne peut protester, sous peine d'avouer qu'il a agi seul alors que la veille encore il parlait de « direction collégiale » et de son horreur de la dictature.

Pourtant, j'ai peur. Ma chemisette colle sur mes épaules. Mais je ne peux reculer. Je pousse même un peu trop loin quand je dis, dans le grand silence :

— Ainsi, tu me les apportes, et tu te demandes ce qu'on va en faire ?

Il s'étrangle.

— Moi ? Pas du tout ! On va...

— On va quoi ?

C'est moi qui mène le jeu. Griserie. Moi, tout seul, contre cent.

Carl se retourne vers sa troupe et la voit attentive, sans plus. Il sent le danger. Je l'ai placé dans une situation délicate.

Ou bien il nie que j'aie participé à l'enlèvement du Général-Délégué. Et comme je maintiendrai mes dires, il passera pour un faux-jeton aux yeux de mes copains... et de certains des siens. Ou bien il ne proteste pas, et alors, parce que je trône sur mon rocher, devant tous, j'ai l'air du cerveau qui a tout conçu, tout préparé, lui laissant le soin d'exécuter. Le vrai chef, quoi. Et ça ne lui plaît pas, à Carl.

Je reprends :

— Moi, je vais te dire ce qu'on va faire.

Mais il se rebiffe :

— Pas besoin que tu me le dises ! On va éteindre ce type après l'avoir attaché sur la croix. On n'a pas besoin de Lumières comme la sienne. Mais d'abord, pour lui prouver que c'est nous les maîtres, on va s'occuper de sa femme !

Il me prend de court, car je n'avais pas envisagé ça. Chacun sait que la femme du Général-Délégué est aveugle, et je suis capable de tout, sauf d'abuser d'une aveugle. Sais pas pourquoi. Une bossue, une boiteuse, ça ne me ferait ni chaud ni froid. Une aveugle, non.

Pourtant, pourtant... Je ne peux intervenir : ce serait me perdre aux yeux des copains. Comme Carl me regarde, je lis dans ses yeux une joie haineuse.

Et le souvenir surgit...

*
* *

Il y a quelques années (sept ou huit, je ne sais) on se baladait dans la campagne, lui, moi et deux autres. Il devait avoir douze ans, peut-être treize. Moi dix. On a rencontré un type en haillons, maigre à faire peur, qui au bruit de nos pas s'est relevé (il était couché dans l'herbe) et s'est mis à nous supplier :

— Un morceau de pain, par pitié ! N'importe quoi ! Je meurs de faim...

On a compris tout de suite : c'était un Noir aveugle. Il devait avoir l'âme chevillée au corps pour vivre encore !

Carl a rigolé. Il s'est baissé, il a ramassé une motte de terre et il me l'a mise dans les mains en ordonnant :

— Tiens, Micaël, donne-lui ça.

Le Noir a gémi avec joie :

— Oh, merci ! Merci !

Moi, je tenais la motte de terre, je regardais ce squelette ambulant dont les yeux ne me voyaient pas. Et mes doigts se sont ouverts, et la motte est tombée sur le sol, et j'ai balbutié :

— Je ne peux pas !

J'avais dix ans. Mais même aujourd'hui je crois que je ne pourrais pas. Il ne faut pas que les copains le sachent, mais il y a des choses que je ne peux pas faire. Et ça me pose des problèmes parfois. Comme aujourd'hui. Parce que Carl s'en souvient, de l'histoire de la motte de terre. Et il espère que je vais intervenir en faveur de la femme aveugle.

*
* *

Je ne sais pas si je l'aurais fait. Mais je n'ai pas cette peine. Car il se produit une chose à laquelle personne, surtout pas Carl, ne pensait.

Le Général-Délégué tient toujours son aveugle contre lui. Il est à trois ou quatre pas de moi, et je vois très bien son visage. Pâle, mais résigné. Je suppose que, pendant toute la nuit, Carl a lancé la Grande Chasse aux Polarais, et qu'il n'en reste plus aucun... ou si peu !

Le Général-Délégué le sait. Il est seul. On va l'éteindre. Il accepte ça avec courage. Ça me plaît, ce courage.

Carl laise tomber à terre son arme préférée (une barre de fer, guère plus grosse que le pouce, longue comme l'avant-bras). Il tire l'aveugle vers lui, l'arrache à l'étreinte du Général-Délégué et, à deux mains, il se met à déchirer les vêtements de la femme.

Elle hurle. Les copains ricanent. L'aveugle se débat. Alors Carl, la tenant d'une main par les vêtements déchirés, se met à la gifler de l'autre main, une fois, deux, trois fois, avec volupté. Le salaud! Et puis...

*
* *

Ça s'est passé si vite que personne, pas plus moi qu'un autre, n'a eu le temps de réagir. Le Général-Délégué s'est penché, s'est relevé, et a frappé deux fois, avec une force inouïe. Sur Carl, puis sur l'aveugle.

Avec la barre de fer qu'avait abandonnée Carl. Ils dégringolent tous les deux ensemble, l'aveugle et Carl. Et ils ne se relèveront jamais.

Me voilà seul maître de ce monde.

*
* *

Je saute à terre, juste devant lui. Un quart de seconde encore, et les copains, suffoqués, vont réagir.

Il me regarde droit dans les yeux. Entre ses lèvres presque jointes, il souffle quelques mots. Pour moi, uniquement pour moi. *Et je les entends, ces mots, et ils se gravent dans ma mémoire.*

Soudain, il me tend la barre souillée de sang et de cervelle.

Les copains gueulent. C'est la ruée. Alors, je lève la barre, et je frappe de toute ma force, au milieu de son éblouissante Lumière un peu jaunâtre, et il s'écroule, et sa Lumière s'éteint, et les autres le piétinent en hurlant.

*
* *

Moi, Micaël, maître de ce monde, je reverrai toujours ce regard. Ce que j'y ai lu ? « C'est toi le chef ? Un jour ou l'autre, il faudra bien que tu les freines... et il s'en trouvera un autre pour t'éteindre ».

Rageur, j'ai jeté au hasard la barre de fer, et j'ai crié avec défi :

— Nous allons la changer, leur société ! On est les maîtres du monde !

Ils me regardaient avec surprise :

— Dis donc, a crié l'un d'eux... Qu'est-ce qu'elle rougeoie, ta Lumière !

J'ai répondu :

— Oui, parce que je suis en colère.

Puis :

— Suivez-moi. On va revenir à la Ville et s'installer au Palais.

*
* *

Ils m'ont suivi, comme des moutons enragés qu'ils sont. Enragés, oui. Mais des moutons.

Qui sait ? Peut-être le Général-Délégué avait-il raison quand il m'a soufflé, au moment de mourir — son testament, oui, son testament ! — :

Ce n'est pas la société qu'il faut modifier. Ce sont les hommes.

TITRES
PARUS DANS LA COLLECTION
SCIENCE FICTION

1	LE CERVEAU SOLITAIRE	**JEFF SUTTON**
2	LE VOYAGEUR DE L'INCONNU	**PHILIP K. DICK**
3	LES MUTANTS	**HENRY KUTTNER**
4	LA GALAXIE NOIRE	**MURRAY LEINSTER**
5	LA ROUTE ÉTOILÉE	**POUL ANDERSON**
6	LES COURANTS DE L'ESPACE	**ISAAC ASIMOV**
7	L'IMAGE DE L'AUTRE	**YVES DERMEZE**
8	LES HOMMES STELLAIRES	**LEIGH BRACKETT**
9	LES PLANÈTES MEURENT AUSSI	**BARRINGTON J. BAYLEY**
10	LA VALLÉE MAGIQUE	**EDMOND HAMILTON**
11	SENTINELLE DE L'ESPACE	**ÉRIC RUSSELL**
12	LA VILLE SOUS GLOBE	**EDMOND HAMILTON**
13	LES FLEURS DE FÉVRIER	**KENNETH HARKER**
14	BARRIÈRE MENTALE	**POUL ANDERSON**
15	LE POINT OMÉGA	**G. ZEBROWSKI**
16	DELALUSMAN	**PHILIP K. DICK**
17	LES MAÎTRES DU HASARD	**E. C. TUBB**
18	LE SILENCE DE L'AUBE	**GORDON EKLUND**
19	LE PONT SUR LES ÉTOILES	**JACK WILLIAMSON**
20	VIA VELPA	**YVES DERMEZE**
21	SUB ESPACE	**JÉROME SERIEL**
22	LE PRISME DU NÉANT	**PHILIP K. DICK**
23	LES CAVERNES DE L'ID	**L./P. DAVIES**
24	LA CITÉ FOLLE	**KENNETH BULMER**
25	RISQUES CALCULÉS	**RAYMOND F. JONES**
26	LE CHANT DES ASTRONAUTES	**CHARLES HENNEBERG**
27	LUMIÈRE CENDRÉE	**ARTHUR C. CLARKE**
28	LES MARTEAUX DE VULCAIN	**PHILIP K. DICK**
29	LES PLANÈTES EN SURSIS	**JACK WILLIAMSON**
30	LES DIEUX VERTS	**CH. et NATH. HENNEBERG**
31	L'HOMME VARIABLE	**PHILIP K. DICK**
32	ZEI	**L. SPRAGUE DE CAMP**

33 LE CERVEAU VERT — **FRANK HERBERT**
34 CRÉPUSCULE DU FUTUR — **OLIVIER SPRIGEL**
35 TROIS PAS DANS L'ÉTERNITÉ — **ROBERT HEINLEIN**
36 LA MAIN DE ZEI — **L. SPRAGUE DE CAMP**
37 LA MACHINE PERDUE — **JOHN WYNDHAM**

A PARAÎTRE

39 L'ERE DU SATISFACTEUR — **FREDERIK POHL**
40 ESPACE VITAL — **ISAAC ASIMOV**
41 LES CHAÎNES DE L'AVENIR — **PHILIP K. DICK**
42 LA NAISSANCE DES DIEUX — **CH. et NATH. HENNEBERG**
43 PSYCATACLYSME — **PHILLIS GOTLIEB**
44 ENFANT DES ÉTOILES — **FR. POHL et J. WILLIAMSON**
45 CHASSE COSMIQUE — **L. SPRAGUE DE CAMP**
46 LES DOIGTS DU HASARD — **RENÉ-JACQUES VICTOR**
47 LES RATS — **JAMES HERBERT**
48 TITAN DE L'ESPACE — **YVES DERMEZE**
49 CAROLINE OH CAROLINE! — **PAUL VAN HERCK**
50 PIÈGES DE L'ESPACE
Anthologie préparée par **Marianne Leconte**

IMPRIMÉ EN FRANCE PAR BRODARD ET TAUPIN
7, bd Romain-Rolland - Montrouge - Usine de La Flèche.
ISBN : 2 - 7024 - 0470 - 7